KB042920

하이베른가의
대공자

하이베른가의 대공자 **8**

초판 1쇄 인쇄일 2024년 1월 3일 | **초판 1쇄 발행일** 2024년 1월 10일

지은이 청루연 | **펴낸이** 곽동현 | **담당편집 팀장** 이범수
편집부 정요한 김승건

펴낸곳 (주)조은세상 | **출판등록** 제2002-23호
주소 서울특별시 동작구 동작대로1길 27 5층
TEL 02)587-2966 | FAX 02)587-2922
E-mail bukdu@comics21c.co.kr

청루연ⓒ2023
ISBN 979-11-391-2696-9 | ISBN 979-11-391-1964-0(set)
값 9,000원

※잘못 만들어진 책은 구입처에서 바꿔드립니다.
※저자와의 협의에 의해 인지는 생략합니다.

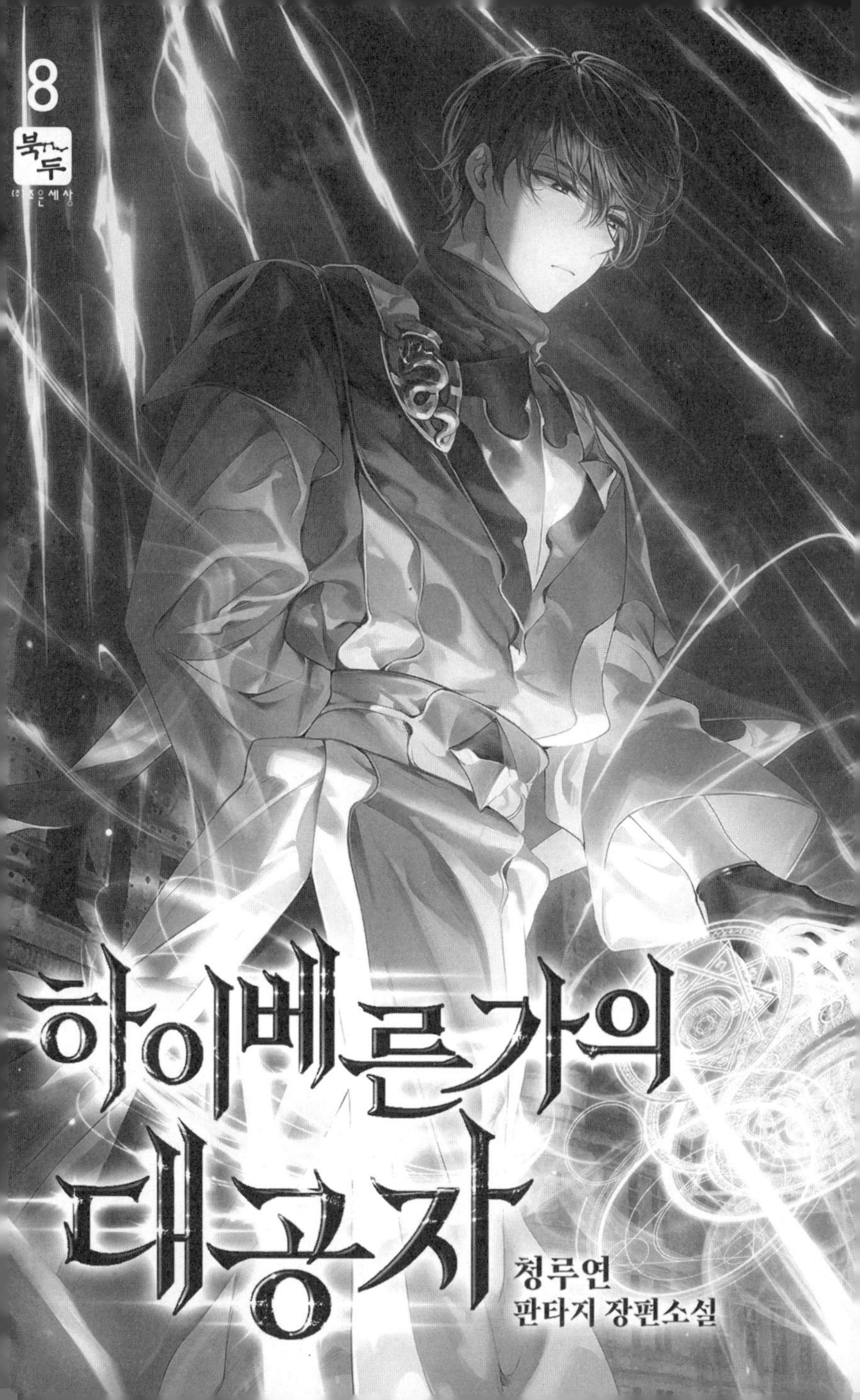
8
북두
하이베른가의 대공자
청루연
판타지 장편소설

청루연 판타지 장편소설
FANTASY STORY

CONTENTS

Chapter, 51

미동도 하지 않고 서 있는 세파이온.

더 이상은 분노할 힘도, 남아 있는 모멸감도 없었다.

가문이 은밀히 제작하고 있던 마장기가 공식 석상에서 드러났다.

지금도 저 교활한 사관이 미친 듯이 펜촉을 굴리고 있으니 이 모든 일은 역사로 기록될 터.

눈앞의 대공자는 이제 차후의 문제다.

여기서 이 일을 제대로 수습하지 못한다면 마장기를 통째로 왕실에 빼앗길 수도 있는 일.

일단은 시간을 최대한 끌어야 했다.

"······폐하. 아직은 연구 중인 단계이옵니다. 왕국의 위대한 마장기에 비할 바가 되지 못하옵니다."

"그대의 가문이 애를 써도 그러한가?"

"마장기는 본디 그런 물건이지 않사옵니까. 실패에 실패를 거듭하고 있는 와중이라 뭐라 확답드리기가 힘드옵니다."

"으음······."

신중한 표정으로 고심하던 데오란츠 국왕이 이내 활짝 웃었다.

"하면 왕실의 지원을 약속하겠다. 필요하다면 마도학자들을 파견할 것이고, 마탑에도 협력 연구를 지시할 것이다. 다만 재원은 기존대로 그대들이 책임을 지라."

이를 깨무는 세파이온.

'저 기회주의자 놈이!'

지금까지 가만히 숨죽이고 있더니 이제 와서 숟가락을 얹겠다고?

뻔히 알고 있었던 주제에 꼴에 국왕이랍시고 발톱을 드러낸단 말인가?

세파이온이 데오란츠 국왕을 향해 이를 깨물며 더욱 허리를 숙였다.

"왕실이 개입한다면 이는 더 이상 비밀 연구가 아니며 공개 연구로 전환될 수밖에 없사옵니다. 본 왕국이 마장기를 추가로 확보하고 있다는 정보가 퍼져 나간다면 주변 왕국들이 가만히 있을 리가 없지 않겠습니까?"

마장기는 그만큼 민감한 전략 자산.

르마델 왕국이 마장기를 추가로 확보한다면 북부 왕국들의 결속이 초래되거나 제국을 자극할 수 있는 일.

충분히 일리 있는 말이었다.

한데.

"정말 웃겨 죽겠군. 닥소스가와 은밀히 협력하고 있는 주제에 다른 왕국이 이 일을 모르고 있을 것 같나?"

"너……!"

루인의 두 눈이 활처럼 휘어 있었다.

"사실상 알칸 제국에게 놀아나고 있는 상황이 아닌가? 렌시아가는 그런 달콤한 유혹에 넘어가 버렸고."

"다, 닥쳐라!"

"추악한 욕망에 먹혀 버려 아무것도 보지 못하고 있던 주제에 이제 와서 주변 정세를 신경 쓰겠다? 날 웃겨 죽일 셈인가?"

피식.

"적국의 귀족가에 힘을 실어 주어 내부를 무너뜨리려는 지극히 단순한 이간계(離間計)다. 이런 얄팍한 수작질에 넘어가는 자들이 남부의 대귀족이라니. 그래서? 이 에어라인에 마력 포격이라도 갈길 셈이었나?"

순간 세파이온의 낯빛이 눈에 띄게 창백해진다.

그동안 소울레스가의 가주 와이립은 마장기가 완성되는 즉시 왕실을 전복해야 한다고 주장했다.

중앙 정계에서 오랫동안 소외받은 소울레스가는 왕실을 향한 증오가 상당했던 것.

그러나 자신은 왕실이 아예 사라지는 것까지는 원하지 않았다.

고대로부터 한 왕국의 정통성을 부수고 명분 없이 세워진 국가는 그 수명이 지극히 짧았다.

때문에 자신은 그런 극단주의적인 와이립의 뜻을 말려 왔다.

그런 위험 부담을 지는 것보단 지금처럼 은막의 권력을 유지하는 편이 훨씬 효율적인 것이다.

"왜 그런 표정이지?"

피식 웃고 있는 루인.

과거, 가장 먼저 왕국을 배신하고 악제의 군단에 합류한 가문은 소울레스가.

미래를 알고 있는 루인에게 애초부터 세파이온은 승리할 수가 없었다.

'……대공자.'

그런 루인을 신중하게 지켜보고 있던 수호자는 확신하고 있었다.

역시 저 루인, 하이베른가의 대공자는 왕국의 적이 아니었다.

12   하이베른가의
     대공자   8

오히려 르마델을 지켜 내려 힘쓰는 자.

그렇게 드베이안은 마지막까지 남아 있던 루인에 대한 경계심마저 모두 비워 낼 수 있었다.

확신이 섰다면 남은 것은 행동.

그것이 왕국의 수호자가 평생을 지켜 온 기사도.

"폐하. 소울레스가에 왕실의 수호기사단을 파견하겠사옵니다. 재가하여 주시옵소서."

의외라는 듯 데오란츠 국왕이 두 눈을 동그랗게 떴다.

"수호기사단을? 이유가 무엇인가?"

"마장기가 새로 탄생한다면 이는 왕국의 운명과 닿아 있는 사안. 수호자는 본분대로 왕국의 미래를 지켜 낼 뿐이옵니다."

세파이온의 얼굴이 썩어 간다.

마장기를 지켜 내겠다는 명분은 명백한 허울.

수호자의 본색이 너무 노골적이라 온몸의 피가 역류하는 심정이었다.

하지만 거기서 끝이 아니었다.

"폐하께서 명한 바대로 마탑도 지원을 아끼지 않겠사옵니다. 당장 내일이라도 소울레스가를 지원할 수 있도록 돌아가는 즉시 마도학자들을 소집하겠사옵니다."

"가시기 전에 제가 한 번 마탑에 들리죠."

"그러시게. 루인 생도."

빙그레 웃으며 루인과 눈짓을 주고받고 있는 현자를 찢어 죽일 듯이 노려보고 있는 세파이온.

그때.

지이이잉-

갑자기 공간을 왜곡하며 나타난 루인의 아공간.

기이한 미소로 쑥- 하고 팔을 집어넣은 루인이 곧장 커다란 무언가를 꺼내 들었다.

쿵-

쿵- 쿠쿵-

순간 현자 에기오스가 멍한 얼굴로 굳어졌다.

소울레스가의 가주 와이립도 두 눈만 껌뻑이고 있었다.

칙칙한 묵광(墨光).

하지만 강렬하게 반짝이는 커다란 보석.

어지럽게 얽혀 일렁이는 미세한 스파크.

마력 얽힘 현상을 자연계에서 관찰할 수 있는 유일한 물질.

그것은 누가 봐도 명백한 마정(魔精)이었다.

"설마 이게 정말 마정인가?"

"보시다시피 그렇습니다."

헤데이안 학부장이 믿을 수 없다는 듯 눈을 부릅떴다.

"대, 대체 어떻게 이, 이런 크기와 순도가……!"

순도를 가늠할 수 있는 가장 직관적인 지표는 얽히는 뇌전

14 하이페론가의
    대공자 8

의 간격.

간헐적으로 일렁이는 스파크의 간격이 자신이 본 어떤 마정보다도 촘촘했다.

더욱이 그 커다란 크기 역시 말도 안 되는 수준.

저 정도 크기의 마정이라면 대체 값이 얼마나 나갈지 감도 잡히지 않는다.

한데, 그런 마정이 무려 6개.

씨익 하고 미소 짓던 루인이 소울레스가의 가주 와이립을 응시한다.

"현자님과 수호자님이 발 벗고 나서는데 하이베른가도 가만히 있을 수는 없지요. 이 마정들을 대가 없이 무상으로 지원해 드리겠습니다."

마장기를 완성하는 데 있어 가장 큰 걸림돌이란 마력핵을 제작하는 데 소요되는 무식한 마정석의 양.

지금까지 하이렌시아가와 소울레스가는 강마력 엔진을 완성하기 위해 시장에 있는 모든 마정을 사들였다.

장물을 거래하는 암거래상들의 것까지 모조리 매입해 온 것이다.

그렇게 소요된 예산은 웬만한 국가의 반년 재정과 맞먹는 수준.

한데, 지금 눈앞에 떨어진 마정들은 지금까지 자신들이 모아 온 마정과 비슷한, 아니 오히려 더 많은 양처럼 보였다.

그 정도로 엄청난 가치를 지닌 마정을 저 하이베른가의 대공자가 지금 무상으로 지원하겠다고 약속한 것이다.

"그, 그게 정말이십니까?"

피식.

"하지만 생산지가 특별한 곳이라 평범한 방법으로는 추출할 수 없습니다. 리네오 길드의 일을 들으셨다면 제 말이 무슨 뜻인지 잘 아시겠지요."

순간적으로 번뜩이는 와이립의 두 눈.

기억이 났다.

엄청난 가치의 마정을 확보한 리네오 길드가 제국의 마도학자를 동원하고도 마력을 추출해 내지 못했다는 사실을.

하지만 마정을 판매한 당사자.

오직 그만이 이 신비한 마정을 추출할 수 있는 실력을 지녔다고 얼마 전 리네오 길드로부터 전달받았다.

그렇지 않아도 그 신비한 마정이 도착하길 손꼽아 기다리고 있었는데, 지금 그 마정을 판매한 당사자가 자신의 눈앞에 서 있는 것이다.

그럼 그 놀라운 마정을 추출할 수 있는 유일한 인물이 바로⋯⋯.

"네. 이 마정들은 제가 없으면 아무런 쓸모도 없는 돌덩이란 뜻입니다."

꿀꺽.

비로소 와이립은 저 하이베른가의 대공자에게 자신의 목줄이 쥐어졌다는 것을 깨달았다.

"고, 고작 길드 따위에게 이 귀한 마정을 팔았단 말인가!"

현자 에기오스의 외침에 루인이 순순히 고개를 끄덕인다.

"에어라인에 입천하면서 돈이 필요했습니다. 배움의 아카데미가 무슨 돈을 그렇게 뜯어 대는지 원."

"어허! 그렇다고 해도……!"

지켜보던 헤데이안 학부장이 묘한 눈빛을 번뜩인다.

"일전에 자네가 생도들의 연구실에서 마정을 추출하여 포션을 만들었다는 이야기를 전해 들었네."

"그런 적이 있습니다."

"그럼 생도들에게 기증한 마정도 이것과 동일한 것인가?"

"비슷하다고 할 수 있지요."

이쯤에서 헤데이안을 괴롭히는 의문.

"도대체 이런 마정을 얼마나 보유하고 있는 건가? 아니 그것보다 어디서 구한 건가?"

천연덕스럽게 거짓말을 늘어놓는 루인.

"얼마 전 저희 가문은 파네옴 광산을 확보했죠."

"하, 한데?"

씨익.

"탐색차에 조금만 파 보니 마정 밭이더라고요. 발에 차일 정도로 많던데요?"

17

"그, 그게 사실인가!"

"직접 보고 있지 않으십니까?"

의미심장한 표정의 루인과 아직도 마력 얽힘이 선명한 마정들을 번갈아 응시하는 헤데이안.

누구보다 충격을 받은 사람은 바로 데오란츠 국왕이었다.

그 보잘것없는 광산이 그토록 무시무시한 가치를 지녔을 거라고는 상상하지도 못했던 것.

하지만 이제 와서 왕명을 무를 수도 없는 노릇이었다.

하이베른가는 왕국의 군권을 손아귀에 쥐고 있는 기수가.

왕명을 번복하고 파네옴 광산을 회수한다면 봉기하여 독립할 수도 있는 위험천만한 집단인 것이다.

"……."

"……."

귀족 대신들도 경악스러운 건 마찬가지.

왕국의 군권을 손아귀에 쥐고 있는 대공가가 하이렌시아가를 능가하는 재물까지 거머쥔다?

하이베른가의 광산에 그토록 천문학적 자원이 잠들어 있다면 권력의 판도가 분명하게 달라질 터였다.

귀족 대신들의 두뇌가 맹렬하게 회전하기 시작했다.

권력의 향방에 누구보다도 민감한 자들.

가장 먼저 판단을 내린 자는 소노움가의 긱스 가주였다.

"대공자님! 아직도 하이베른가의 제안이 유효하다면 저희 소노옴가는 그 제안을 받아들이겠습니다!"

작황의 결과에 상관없이, 결당 2만 리랑으로 선계약해 주겠다는 루인의 제안을 가장 먼저 받아들인 것이다.

"물론입니다. 대금은 수일 내로 치르도록 하죠. 이왕이면 단기가 아니라 5년 정도로 넉넉하게 계약하고 싶은데."

"5년 치의 서, 선금을 주시겠다는 뜻입니까?"

"공의 영지 사정이 만만치 않다고 들었습니다. 그 정도면 당분간은 숨이 좀 트이지 않겠습니까?"

"그렇게만 해 주신다면야……!"

긱스 가주는 더 이상 하이렌시아가의 눈치를 보지 않았다.

지금까지 제공받던 어떠한 이득도, 곧 도래될 막대한 이익에 비해서는 초라한 수준이었으니까.

"저도 하이베른가의 제안을 받아들이겠습니다!"

"저도!"

"대, 대공자님! 저희 영지의 특산물은 필요하지 않으십니까?"

득달같이 달려드는 귀족 대신들!

하이베른가가 천문학적인 가치를 지닌 광산을 확보한 것이 드러난 이상, 그들의 제안을 거부한다는 건 바보들이나 하는 짓이었다.

"너…… 어쩌려고……?"

아라혼의 당황한 두 눈.

이번 일로 파네옴 광산이 마정 광산이라는 것을 전 왕국에 드러냈다.

이 소문이 번진다면 주변 왕국이 이빨을 드러낼 것은 불 보듯 뻔한 일.

특히 알칸 제국은 절대로 가만있지 않을 것이다.

한데.

"하하……."

이내 허탈하게 웃어 버리는 아라혼.

떠오른 것이다.

저 루인의 아공간에서 본 모든 것들을.

왕국의 사자는 늙었다.

그러나.

그들이 낳은 새끼 사자가 성체(成體)가 되어, 르마델 왕국을 통째로 집어삼키고 있었다.

폭풍과도 같은 내빈실 상황을 정리한 후.

생도들의 눈에 띄지 않기 위해 조용히 유적 동굴로 향한 루인 일행.

한데 목소리 생도들은 물론, 현자 에기오스와 헤데이안 학부장, 거기에 1왕자 아라혼까지 함께 유적 동굴에 도착해 있었다.

루인은 자신을 따라오는 그들을 굳이 막지는 않았는데, 이미 자신을 따라올 것을 어느 정도 예상한 듯한 여유만만한 얼굴이었다.

루인이 묵묵히 마력 등불을 밝히자 아라혼이 가장 먼저 참을 수 없는 궁금증을 드러냈다.

"파네옴 광산의 마정…… 진짜는 아니겠지?"

아공간 헬라게아 속에 존재하는 엄청난 양의 마정을 직접 본 아라혼.

설사 파네옴 광산이 진짜 마정 광산이라고 해도, 루인에게는 그만한 양을 캐내 올 물리적인 시간이 없었다.

"진짜냐 가짜냐가 중요한 건 아니지."

"이봐, 루인 대공자. 이건 정말 심각한 사안이다."

하이베른가에게 파네옴 광산을 안겨 준 건 다름 아닌 자신이었다.

모든 공적인 책임이 왕국의 1왕자에게 있는 것이다.

이 일로 국왕과 왕실의 원로들이 자신에게 책임을 뒤집어씌울 게 뻔한 상황.

어쩌면 이 일을 빌미로 왕세자의 일이 틀어질 수도 있었다.

지금까지 인내하며 견뎌 온 모든 세월이 물거품이 되는 것이다.

그런 아라혼의 마음을 열어 보기라도 한 듯, 흔들리는 마력 등불에 드러났다 사라지기를 반복하는 루인의 얼굴이 미묘하게 웃고 있었다.

"벌써부터 얄팍한 마음이 자리 잡기라도 한 건가?"

"그게 무슨 소리지?"

"지금 네가 누리고 있는 것들이 누구로부터 비롯된 건지 잊지 말란 뜻이다."

순간 아라혼은 오싹했다.

하이베른가의 전폭적인 지지와 후원, 대역 왕비의 포섭, 국왕의 약점을 쥐고 흔드는 정치적인 우위까지.

그것들은 말 그대로 모두 저 루인이 자신에게 쥐여 준 것이었다.

고작 입장이 조금 난처해졌다고 불평불만을 늘어놓지 말라는 뜻.

"왕세자로서의 내 입지가 흔들린다면 너도 좋을 것이 없지 않나?"

조심스럽게 입장을 피력해 보는 아라혼이었지만 여전히 루인은 조소만 짓고 있었다.

"생각보다 잔머리는 없는 편이군."

전생에서 아라혼은 악제의 군단 내에서도 입지가 상당한 군단장이었다.

군단 서열 10위권 이내에 당당히 이름을 올렸던 그라고는 좀처럼 믿을 수 없는 정치적 식견.

"무슨 소리지?"

"고작 이 정도 사안에 흔들릴 왕세자라면 차라리 왕을 꿈꾸지 말란 뜻이다."

"뭐……?"

다른 사안도 아닌 마정 광산이다.

활용하기에 따라 단숨에 알칸 제국의 위상에 도전할 수 있는, 그야말로 비현실적인 규모의 전략 자원.

그 엄청난 전략 자산을 왕실 스스로가 대공가에 헌납한 거나 마찬가지였으니 그 정치적인 책임의 크기는 이루 말할 수 없을 정도였다.

루인의 말처럼 '고작 이 정도 사안'으로 치부하기에는 스케일이 너무 거대한 것이다.

"아직도 모르겠나. 널 통하지 않고는 하이베른가와 아무런 일도 도모할 수 없다고 그들로 하여금 믿게 만들어라. 완벽한 끈으로 거듭나란 말이다."

"뭐……?"

"그동안 왕실은 우리 하이베른과 별다른 교분이 없었다. 우리가 왕실에 끈이 없었듯 그건 왕실도 마찬가지."

씨익.

"나와 하이베른가는 오늘부터 1왕자를 제외한 어떤 왕실의 왕족과도 교류하지 않을 것이다. 협상이든 지원이든 협력이든, 베른헤네움에 앉아 이야기를 나눌 수 있는 사람은 오직 너 하나로 한정된다는 뜻이지."

순간, 아라혼은 등줄기로부터 퍼져 나간 전율이 온몸으로 번져 나갔다.

루인의 말에 압축되어 있는 함의(含意)를 읽어 낸 것이다.

엄청난 마정 광산을 손에 쥔 하이베른가.

분명 저 무시무시한 놈은 그런 압도적인 전략적 우위를 활용해 왕국을 손에 쥐고 쥐락펴락해 댈 것이다.

그런 하이베른의 협력을 이끌어 낼 수 있는 힘이 오직 자신에게만 한정된다면?

그 권력, 그 정치적인 힘은 이루 말할 수 없이 거대한 것이었다.

하이베른가에서 떨어지는 떡고물이라도 받아먹으려면 모든 왕족과 군소 귀족들이 자신에게 줄을 대야 하는 것이다.

입지가 불안정한 자신에게는 하늘이 내린 기회인 것.

그럼에도 아라혼은 웃을 수 없었다.

"너……."

하지만 이 대공자 루인이 자신과의 끈을 놓아 버린다면?

그런 엄청난 권력을 하루아침에 잃어버릴 수도 있다는 뜻.

비로소 아라혼은 자신에게 목줄이 채워졌다는 것을 인지할 수 있었다.

대업을 완성하여 국왕에 오른다고 해도 결코 그런 관계는 변하지 않을 것이다.

여전히 묘하게 웃고 있는 루인.

아라혼은 공포를 느끼고 있었다.

"……."

도대체 파네옴 광산 하나로 어떻게 이 많은 정치적인 것들을 계산해 낼 수 있단 말인가?

더욱이 파네옴 광산은 하이베른가를 몰락시키기 위해 하이렌시아가가 은밀히 파 놓은 함정이었다.

그런 비열한 음모를 오히려 역이용해 이런 비현실적인 결과를 이끌어 낸 것.

아라혼은 이제 저 루인이 도무지 같은 인간으로 느껴지지 않았다.

마치.

이건 마왕(魔王).

녀석의 비현실적인 마도보다 이런 초현실적인 지혜가 훨씬 두려웠다.

물론 그런 두려운 감정을 그 하나만 느낀 것은 아니었다.

'허허…….'

현자 에기오스는 더 이상 루인을 생도로 여길 수가 없었다.

왕궁의 내빈실에서 경험한 루인의 모든 것, 그리고 1왕자를 압박하는 지금의 모습까지…….

저 어린 대공자는 북부의 사자왕, 아니 그 이상이었다.

루인으로 인해 하이베른가는 틀림없이 하이렌시아가를 압도하는 거대 가문, 아니 어쩌면…….

"대공자. 그대의 목표는 대체 무엇인가?"

에기오스는 질문하면서도 두려웠다.

어쩌면 루인이 상상하지도 못할 무언가를 늘어놓을까 봐.

그가 가진 꿈의 크기가 이 르마델을 넘어 대륙으로까지 뻗어 있다면?

왕국 자체가 그의 손아귀에서 활용될 것만 같은 불길한 느낌.

"말하면 제 편이 되어 주실 겁니까?"

"……편?"

"굳이 듣고 싶으시다면 현자님과 완벽한 신뢰 관계로 묶이고 싶습니다만."

순간적인 소름.

그것은 정말이지 온몸의 솜털이 모두 일어날 정도로 두려운 전율이었다.

지금 듣는다면 왠지 목숨까지 걸어야 할 것만 같은 느낌.

그다지 친하지 않은 저 헤데이안이 말려 올 정도다.

"에기오스. 뭘 그런 걸 궁금해하나? 아, 나 역시 별로 궁금하지 않다네."

겨우 차갑게 가슴을 가라앉힌 에기오스가 천천히 속내를 털어놓기 시작했다.

"대공자가 시키는 대로 하긴 했지만 당장이 문제네. 지원 규모는 어느 정도로 해 주겠는가? 분명 하이렌시아는 다음 달부터 지원을 끊을 것이네."

"얼마나 필요한데요?"

"……금액 말인가?"

당장 금액을 이야기하라는 듯한 루인의 태도에 멋쩍게 웃는 에기오스였다.

"알다시피 마탑에 딸린 마법사가 많네. 왕실의 지원이 있긴 하지만 절대적으로 부족하지. 연구에 필요한 재원만 해도……."

"그러니까 제시하란 말입니다."

왕국의 고고한 현자인 자신에게 이런 노골적인 '제시'라니.

현자이기에 앞서 에기오스도 귀족이었다.

고아한 귀족으로서는 마치 구걸하는 모양새가 치욕스럽지 않을 리가 없는 것이다.

"허엄! 큼!"

에기오스가 괜스레 헛기침만 하자 루인이 한숨을 내쉬었다.

"귀족이라서 숫자 놀음은 하기가 싫다? 그러니 허구한 날 교활한 길드 놈들에게 당하는 겁니다. 그런 무시무시한 마법사 집단을 이끌면서도 별다른 이권도 이루지 못한 게 이제야 이해가 되는군요."

"이권?"

"마도학자는 왜 전부 키워서 고스란히 왕실에 헌납합니까? 저라면 당장 마도 공방부터 신설하겠습니다."

마탑이 키운 마법사들이 궁정마법사나 왕실 직속의 마도학자가 되는 이유는 간단하다.

아카데미부터 마탑까지, 왕국의 인재들을 키워 낸 주체가 왕실이기 때문.

그런 고귀한 인재들을 고작 돈을 버는 도구로 활용하라는 루인의 주장을 에기오스는 도저히 받아들이기 힘들었다.

"못 들은 것으로 하겠네. 세상은 이익으로만 움직이지 않네. 대공자도 더욱 마도(魔道)를 알아 간다면 언젠가 이 나를 이해하게 될 걸세."

"그래서 현실은요?"

루인이 피식 비웃었다.

"귀족가의 후원 없이는 한 달도 버티지 못하면서 무슨 그런 한심한 말씀을. 왕실이 마탑을 온전히 운영하지 못한다면 당연히 따로 살 방도를 마련해야죠. 언제까지 후원에 목맬 겁니까?"

한껏 진지해지는 표정의 루인.

"현자님이 얼마를 제시하든 반드시 그 금액 그대로 후원해 드리겠습니다. 단─"

"또 무슨 조건이 있단 말인가?"

씨익.

"제 지원은 일시적일 겁니다. 반드시 자생하세요. 분명하게 말하지만 우리 하이베른가는 또 다른 렌시아가가 되긴 싫습니다. 고작 후원 따위로 마탑을 통제하기 싫다는 뜻입니다."

르마델 왕국이 유리한 지정학적 위치와 뛰어난 군사력을 지니고도 북부 왕국들의 틈바구니에서 아귀다툼을 벌이고 있는 근본적인 이유.

그건 바로 북부인 특유의 고아(高雅)한 기질 때문이었다.

르마델의 귀족들은 길드(Guild)와 함께 똥밭에 구르는 것을 두려워했다.

그들을 통제하거나 휘하에 두려고만 하지, 함께 이권 다툼을 하는 것을 수치로 여기는 것이다.

인간이 이전투구에 능한 동물이라는 것을 인정하고 받아들여야만 한다.

사람의 본성을 외면하는 것.

왕국의 저변에 깔린 이런 고질적인 문화가 바뀌지 않는 이상, 르마델은 결코 제국이 될 수 없었다.

'……'

에기오스가 현자라 불리는 이상, 루인의 말에 담긴 함의가 국가를 관통하는 철학의 문제라는 것을 모를 수가 없었다.

지금 저 대공자 루인은 단지 힘의 우위에 그치는 것이 아니라 이 왕국을 통째로 뜯어고치려고 하는 것이다.

그것은 르마델의 어떤 왕도 해내지 못한 일.

비로소 르마델의 현자(賢者)는 루인의 목적이 왕국의 발전, 그 자체라는 것을 읽어 낼 수 있었다.

"대공자는 이 르마델을 제국(帝國)으로 키울 작정이신가?"

피식.

흑암의 공포의 목적이 고작 한 왕국의 발전에 국한될 리는 없었다.

인류 역량의 총체적 증진.

이 베나스 대륙에 살아가는 모든 인간들의 문명을 발전시키는 것.

그것이 악제를 상대하는 대마도사의 궁극적인 지향.

"경쟁을 두려워하지 마세요. 고아한 알껍질 따위는 깨고 나오시라는 말입니다."

악제가 세상에 모습을 드러내기 전.

인류는 최대한 서로 경쟁하며 발전해야 한다.

인류가 꽃피워 낼 문명의 총아(寵兒)가, 악제를 두려움에 빠지게 만들어야 한다.

악제와의 대결에서 승리할 수만 있다면 루인은 헬라게아 속의 마장기를 전부 잃어도 아깝지 않았다.

루인이 기어코 자신의 목적을 드러낸다.

"아라혼."

"어?"

갑자기 자신을 부르는 루인을 화들짝 놀라며 바라보는 아라혼.

"널 황제로 만들어 주지. 북부 왕국을 통합하는 대제국을 일구어 알칸 제국과 경쟁해라."

"……뭐?"

피식.

"물론 별로 좋을 건 없다. 너는 일평생을 투쟁하게 될 테니까."

아라혼의 가슴이 두근거리기 시작한다.

평생토록 투쟁하는 삶.

"황제……?"

"이 거래가 손해는 아닐 거다. 가장 위대한 정복 군주로 역사에 남을 테니까. 너는 초대 국왕 소 로오보다, 초대 사자왕 사흘보다 더 거대한 이름이 될 것이다."

북부 왕국을 모두 통합하고 대제국을 일궈 내라는 루인.

현자 에기오스와 헤데이안 학부장, 루인의 동료들이 모두 황당한 얼굴로 그를 쳐다보고 있었다.

루인의 두 동공에서 흔들리고 있는 마력 등불.

추측할 수 없는 심계, 초월적인 지혜의 아성, 거기에 거대한 목적까지.

그 압도적인 대마도사의 역량에.

모두가 숨을 집어 삼키고 있었다.

◆ ◈ ◆

　루인의 기상천외한 행동을 수도 없이 지켜본 시론으로서는 이제는 그러려니 하는 단계까지 이르러 있었다.

　마장기를 소환해 거인을 향해 마력 포격을 날리는 광경을 실시간으로 지켜본 마당에 더 놀랄 것도 없는 것이다.

　때문에 루인에게 왜 왕국의 대귀족들을 협박했는지, 파네옴 광산은 왜 드러냈는지 따위의 질문은 하지 않았다.

　시론이 짜증이 나는 건 영광스러운 시상식이 흐지부지되었다는 것과 아무런 포상도 받지 못했다는 사실뿐이었다.

　"개고생해서 우승했는데 이게 무슨 개같은 결과냐고!"

　현자와 학부장, 1왕자가 떠나간 자리.

　루인은 오히려 여유롭고 무덤덤한 표정으로 서 있었다.

　"네가 챙길 건 다 챙겼다 그거야?"

　뿌드득 이를 가는 시론.

　루인이 압도적으로 귀족 대신들을 굴복시켰던 과정을 미뤄 볼 때, 이미 저 녀석은 오래전부터 모든 계획을 짜 두었던 모양.

　본인이야 목적을 달성했으니 저리도 여유롭겠지만 이쪽은 절대 아니란 말씀.

　한데 뭔가가 이상했다.

　테아마라스의 유적을 탐험하는 일은 어떤 친구들보다도

루인이 가장 집착하던 보상.

그런 포상이 물 건너갔음에도 저리도 여유로운 표정이니 다소 이상하게 느껴질 수밖에.

루인은 원하던 바를 놓치는 경우를 결코 용납하는 인물이 아니다.

결국 시론의 표정이 기이해졌다.

"또 뭔가 있는 거 같은데……?"

테아마라스의 유적을 탐험하길 고대했던 것은 다른 목소리 생도들도 모두 마찬가지.

생도들 모두가 루인의 입이 열리기만을 기다리고 있었다.

역시 루인의 여유로운 태도에는 다 이유가 있었다.

"나는 테아마라스 유적을 탐험할 거다."

"뭐? 그게 진짜냐?"

자리에서 벌떡 일어나는 시론.

하지만 이해가 되지 않았다.

테아마라스는 고대 던전 특유의 위험성으로 왕국과 마탑의 지원 없이는 결코 탐험할 수가 없었다.

루인이 당대의 국왕과 적대 관계라는 건 내빈실에서의 상황을 지켜본 자라면 누구나 유추할 수 있는 사실.

왕실로부터 어떤 포상도 약속받은 바가 없었기에 모두가 황당한 얼굴로 루인의 입만 쳐다보고 있었다.

"그 전에-"

루인이 모두를 천천히 훑어본다.

"나는 아카데미를 그만 다닐 거다."

"뭐?"

"이제 가문으로 돌아갈 시간이지."

"가, 가문?"

마치 예상이라도 한 듯, 루이즈가 한 발짝 앞으로 나섰다.

〈언제고 그 말이 나올 줄은 알고 있었어요.〉

청천벽력과도 같은 루인의 선언에도 한 치의 당황함도 없는 루이즈를 시론은 이해할 수 없었다.

"……알고 있었다고?"

〈이 아카데미에는 더 이상 루인 님이 원하는 게 없거든요.〉

헤이로도스의 술식을 완성한 루인.

마법사가 현자의 위상에 걸맞은 마도를 구축했다면 그 이상의 경지는 지식이나 지혜의 영역이 아니었다.

마법사로서 최고의 환경인 마탑에서 평생을 보낸 현자 에기오스조차도 진정한 마도사의 영역을 밟지 못한 마당이었다.

마도사는 스스로 해답을 완성한 자만이 도달할 수 있는 위대한 경지.

그러므로 루인이 마법사로서 이 아카데미에서 기대할 수 있는 건 더 이상 없는 것이다.

"하지만 가문으로 가면 넌……."

하이베른가는 마법사로서 가장 극단적인 환경.

그 무식하고 드센 검술 명가보단 아카데미가 훨씬 나을 텐데 굳이?

일단 시론은 루인을 말려 보았다.

"2등위까지, 아니 1년만 함께 더 지내면 안 되겠냐?"

"왜지?"

"그건……."

말로는 표현할 수 없지만 뭔가 섭섭하다.

녀석이 하이베른가로 돌아간다면 언제 다시 볼 수 있을지를 기약할 수 없을 테니까.

그는 하이베른가의 대공자.

메데니아가의 후계자 따위로는 비교조차 할 수 없는 까마득한 대귀족.

"너희들은 선택을 해야 한다."

적어도 루이즈만큼은 루인이 무슨 말을 할지 이미 알고 있는 듯한 표정이었다.

이내 생도복의 품에서 마탑의 인장이 선명하게 새겨진 스크롤을 꺼낸 루인.

"이 스크롤에는 테아마라스의 유적으로 가는 좌표계가 있다. 마탑에서 직접 받은 거니 신뢰도는 높다고 할 수 있겠지."

"유적 좌표!"

각국의 고위층과 일부 선택받은 마법사들만이 존재를 알고 있는 신비의 유적이 마침내 모두의 눈앞에 드러난 것.

다프네의 흔들리는 눈빛이 루인을 향했다.

"설마 당신……."

루인의 투명한 눈빛이 그녀의 시선을 담담하게 맞이한다.

"그래. 나는 왕실의 어떤 지원 없이 비밀리에 유적을 탐험하고자 한다."

비명을 지르는 세베론.

"미, 미쳤어!"

왕국의 드높은 기사들과 마도학자가 동행하는 탐험대들조차 수도 없이 실종된 바 있는 악명 높은 유적이었다.

특히 던전을 경험한 적이 한 번도 없는 마법사가 마도학자 없이 탐험에 나선다는 건 자살행위나 마찬가지.

"던전 탐험은 마법의 경지 문제가 아니야! 던전을 모르는 마법사가 함부로 탐험한다면 십중팔구는 비참한 죽음에 이른다고!"

"그럴 테지."

그러나 루인은 자신의 선택이 틀리지 않음을 확신하고 있었다.

공개적으로 왕국의 포상과 지원을 받으며 테아마라스의 유적을 탐험한다면 악제는 모든 걸 준비할 것이다.

그 유적이 진실로 놈의 레어(Lair)라면, 자신의 모든 역사가 살아 숨 쉬고 있는 공간에 이방인이 침입하는 걸 용납하지 않을 테니까.

그래서 루인은 굳이 공개적인 포상을 원하지 않았다.

왕실이 주는 명예 따윈 자신에게 조금도 중요하지 않았다.

루인이 원하는 건 과연 악제가 그 오랜 시간 동안 무얼 준비했는지, 그 유적에 어떤 비밀이 있는지를 알아내는 것이었다.

갑자기 시론이 눈을 빛냈다.

"선택이라면…… 너 혹시……?"

"그래. 나는 너희들이 나와 함께 위험에 빠지는 걸 원하지 않는다."

루인은 마법 생도로서 꿈과 젊음을 누릴 수 있는 동료들의 특권을 앗아 가고 싶지 않았다.

"나는 너와 함께 유적을 탐험하겠다."

그것은 지금까지 조용히 듣고만 있던 리리아의 첫마디였다.

무심하게 다시 입을 여는 루인.

"그 말이 무슨 의미인 줄 알고는 있는 건가?"

"더 이상은 마법 생도로 남을 수 없다는 뜻이겠지."

조기 퇴교.

아카데미의 생도가 별다른 사유 없이 열흘 이상 무단으로 결석한다면 반드시 퇴교 처리를 당하는 것이 교칙.

하지만 유적 탐험이 얼마나 걸릴지는 아무도 모른다.

그제야 루인이 말하고 있는 선택의 의미를 깨달은 생도들.

모두 하나같이 침중하게 표정을 굳히고 있었다.

유일하게 웃고 있는 생도는 역시 슈리에였다.

"전 여기까지가 인연의 끝인가 봐요."

내내 일행에서 겉돌던 슈리에가 결국은 아카데미에 남는 것을 선택했다.

사실 무투대회에 참여하지 않았던 그녀로서는 유적을 탐험할 권리도 없었다.

"존중하지."

악수를 건네는 루인의 손을 슈리에는 웃으며 맞잡았다.

"좀 더 일찍 선택했어야 했어요. 저는……."

"말하지 않아도 된다."

슈리에는 자신의 마도와 맞지 않았다.

마법사의 역량보단 선천적으로 마음이 약한 사람은 자신의 방식을 따라오는 것이 쉽지가 않았다.

"그렇다고 너와의 만남이 의미가 없는 건 아니다. 추억하지. 내가 처음으로 만난 마법 생도는 너니까."

루인과의 첫 만남을 떠올리던 슈리에가 풋 하고 웃었다.

그때까지만 해도 그녀는 루인이 이렇게까지 엄청난 인물

인지를 상상도 하지 못했었다.

"정말 추억이네요."

약간은 자조 섞인 웃음.

"그럼 저는……."

마법사의 마도로 정중하게 예를 표하더니 이내 동굴 밖으로 멀어지는 슈리에.

"와 씨. 사람 인연 정말 아무것도 아니네. 저렇게 단칼에 자른다고?"

"제가 본 슈리에의 가장 강단 있는 모습이군요."

〈너무 그러지들 마세요. 그녀는 이미 오래전부터 고민했을 거예요.〉

멀어지는 슈리에를 침잠하게 쳐다보던 리리아가 다시 루인을 응시했다.

"네가 준 약을 마신 순간부터 난 맹세했다. 밀어낼 생각은 하지 말도록."

피식.

"밀어낼 생각도 없다."

이내 루인의 시선이 향한 곳은 루이즈였다.

루인은 다른 누구보다도 루이즈의 선택이 가장 궁금했다.

< 저도 가겠어요. >

결국 루인은 씁쓸하게 웃고 말았다.

사실 적요하는 마법사의 무시무시한 본 모습을 알고 있는 루인으로서는 그녀의 선택을 이미 어느 정도 예상을 했었다.

이어 루인의 눈빛이 향한 곳은 다프네.

"그, 그렇게 보지 말아요! 아직 난 마음의 준비가 덜 됐단 말이에요!"

아카데미를 관두는 것은 이미 현자의 수제자인 그녀에게 만큼은 큰 불이익은 아니었다.

하지만 아무런 지원도 없이 유적을 탐험하는 것이 문제였다.

죽을 수도 있다는 것.

죽음을 각오하기엔 아직 그녀는 너무 이른 나이였다.

"전……."

그 순간 다프네의 뇌리 속엔 루인의 무시무시한 마도(魔道)와 마장기가 떠올랐다.

웬만한 국가 전력급 마도 병기를 아공간에 소지하고 다닐 수 있는 마법사.

거기에 상상도 할 수 없는 마도 경지.

드래곤으로 착각했을 정도로 무시무시한 지혜와 심계까지.

어쩌면 그라면 자신을 지켜 줄 수 있을 것만 같았다.

이미 그녀의 눈이 말하고 있었다.

"그래. 허락하지."

"어? 아직 아무 말도 안 했는걸요?"

"그럼 말해."

"……."

피식 웃으며 다프네의 어깨를 툭 치는 시론.

"그렇게 겁이 많으면서도 정작 지금까지 루인의 방식을 가장 잘 따랐던 건 너다."

세베론이 수군거렸다.

"역시 그 고백이 아예 마음에 없는 고백은 아니라는 뜻이겠지?"

"그럴지도."

얼굴을 구기며 짜증을 내는 리리아.

"시끄럽다."

다프네가 고개를 푹 숙인다.

"가겠어요……."

결국 시론과 세베론만이 남았다.

루인은 그들이 대답할 때까지 묵묵히 기다렸다.

그들에게 선택을 종용할 수는 없었다.

저들이 목숨을 거는 일은 개인의 선택이기도 하지만 동시에 그들 가문의 문제.

여생도들과는 달리 그들은 가문의 성(姓)을 이어야 하니까.

"먼저 아버지를 설득해야 한다."

"무리할 필요는 없다."

시론도 마법사다.

경지를 향한 목마름이라면 여기에 있는 어떤 생도보다도 강렬한.

"젠장! 테아마라스의 유적을 어떻게 참냐고!"

인류 문명의 태동기에 탄생한 영웅.

그런 태초의 마법사가 남긴 모든 것들을 체험할 수 있는 절호의 기회.

그때, 이미 선택을 끝낸 듯 세베론이 루인의 곁에 섰다.

"난 형이 있어."

시론은 그런 세베론을 부러운 눈으로 쳐다보고 있었다.

세베론과는 달리 자신은 메데니아가의 독자였으니까.

자신이 죽는다면 가문에 남겨지는 것은 무수한 여동생들뿐이었다.

"메데니아가의 가주께서 허락하실까?"

"절대…… 끝까지 무릎 꿇고 빈다면 아마 가문의 마도병단을 내어 주시겠지."

"안 돼. 그건 불가하다."

"대체 왜지? 왜 굳이 우리끼리 가야만 하는 거냐고!"

순간 루인은 말할 수 없는 복잡한 눈빛이 되었다.

망설이고 또 망설이는 것이다.

자신의 동료들에게 태초의 마법사, 인류의 영웅을 앗아 가도 될 것인가를.

루이즈가 그런 루인의 감정을 읽었다.

〈그만. 그 말은 하지 말아요. 루인 님.〉

"뭐?"

마치 뭔가를 알고 있는 듯한 루이즈의 반응에 소스라치게 놀란 루인이었다.

〈저 역시 절대언령을…….〉

그제야 루인은 깨달았다.

브홀렌의 육체에 직접 현신한 악제의 사념을 그녀 역시 읽어 냈다는 것을.

악제의 절대언령의 파동을 그녀 역시 읽을 수 있는 것이다.

악제와 나눈 당시의 대화를 모두 들었다면 그녀 역시 알고 있는 것이 이상하지 않은 일.

한데.

"너 설마? 브홀렌에 빙의한 악제란 놈이 테아마라스였다는 걸 우리가 모르고 있다고 생각한 거냐?"

"아니 본인이 말해 놓고 그걸 비밀로 하겠다고?"

-당신은 설마 테아마라스?

-수명은 어떻게 초월했나?

식은땀을 비 오듯이 흘리는 루인.

자신에게만 향했던 악제의 절대언령을 듣지 못했다고 해도.

동료들은 자신의 음성을 똑똑히 들은 것이다.

Chapter. 52

-가주께 검을 배우고자 왔습니다.

카젠은 월켄이 다시 찾아온 그날을 떠올렸다.

야수처럼 헝클어진 머리.

하지만 지독한 눈빛.

헤어진 지 불과 한 달도 지나지 않았으나, 달빛 아래 서 있던 월켄은 완전히 다른 사람으로 변해 있었다.

검을 쥔 손.

저절로 들어가는 힘.

한 기사를 마주 대하며 참을 수 없을 정도로 긴장감을 느끼는 경험은 그날이 처음이었다.

왕국의 쟁쟁한 기사들에게도 느껴 보지 못한 기묘한 두려움.

카젠은 어쩌면 이 루인의 친구 녀석이, 생각보다 훨씬 위대한 거인(巨人)이 될지도 모른다고 생각했다.

"쉽게 이해가 되지 않습니다."

이마의 땀을 닦으며 자세를 푸는 월켄.

장장 세 시간.

검을 든 채로 일체의 미동도 하지 않으며 서 있다가 녀석이 처음으로 뱉은 한마디였다.

"뭐가 말인가?"

"아무리 생각해도 말씀하셨던 정중동(靜中動)이 이해가 되지 않습니다. 제 사부께서 말씀하시길, 공방(攻防)에 앞서 무엇보다 중요한 것은 태세나 반격이 아닌 공격 그 자체라 하셨습니다. 한데 가주님의 검은……."

"사자검은 태세 그 자체가 중요하지."

"예. 아무리 생각해도 그건 너무 피동적인 검입니다. 그런 수동적인 검으로는 적을 제압하는 것이……."

"제압이 목적은 아니네."

"예……?"

월켄의 열정적인 눈빛에 카젠은 절로 웃음이 새어 나왔다.

엄청난 재능과는 달리, 검을 향한 마음만큼은 순수하기 짝이 없는 녀석이었다.

"아직 자네는 다양한 검술 유파를 경험하지 못한 것 같군."

"맞습니다……."

"유파가 추구하는 궁극은 저마다 다르네. 자네의 유파가 적을 제압하는 데 목적을 둔 일격필살의 검술을 추구한다면 우리 사자검은……."

허공으로 높이 검을 치켜드는 카젠.

"그런 살상검술이 아니네."

윌켄이 묘한 표정으로 고개를 꺾는다.

"하지만 모든 검술의 근본은 적을 제압하는 데 그 의의를 두는 것이 아닙니까?"

검이란 찌르고 베는 무기.

그런 본래의 목적에 충실하지 않는다면 어떻게 검술이라 부를 수 있단 말인가?

희미하게 웃고 있던 카젠은 좀 더 알아듣기 쉽게 설명하기 시작했다.

"저 산을 바라보게."

곧 윌켄이 카젠의 시선을 좇아 성곽의 바깥을 쳐다본다.

웅장한 산맥, 몽델리아.

윌켄은 하늘로 굽이쳐 오르는 듯한 험준한 산봉우리들을 유심히 바라보고 있었다.

"싸울 마음이 드는가?"

"예? 그게 무슨……."

사람이 산과 싸우다니?

쉽게 이해할 수 없었던 월켄은 여전히 혼란스러운 표정이었다.

"그것이 우리 하이베른이 추구하는 궁극이네. 태세만으로 적을 제압하는 자존(自尊)의 검. 우리가 사자검이라 불리는 이유지."

더욱 뜻 모를 심정으로 얼굴을 구기는 월켄.

그로서는 사자검이 추구하는 궁극을 아무리 생각에 골몰해 봐도 받아들이기가 힘들었다.

마치 검술이 아니라 무슨 철학 놀음 같았다.

"태세만으로 상대로 하여금 전투를 포기하게 만드는 검술이란 말입니까?"

"하하하하!"

어린아이처럼 천진난만한 월켄의 반응에 카젠은 진심으로 기분이 좋아졌다.

"그렇게 간단하게 설명할 수만은 없네. 직접 부딪쳐 보겠는가?"

순식간에 월켄의 얼굴이 밝아지며 핏기가 돌았다.

"부탁드리겠습니다!"

"스피릿 오러는 접고 하지. 오시게."

빛살처럼 쏘아지는 월켄의 검.

콰아아아앙!

월켄의 눈빛이 세차게 흔들린다.

그저 자신의 검을 가볍게 내쳤는데, 무슨 우레와 같은 굉음이 흘러나온다.

엄청난 충격에 손목이 찢어질 듯이 고통스러웠다.

이를 깨물며 다시 카젠을 향해 쇄도하는 월켄.

콰아아아앙!

이번에도 비슷했다.

한 수의 공방, 그리고 내리치는 단순한 연격.

한데 그런 연격을 막아 내는 순간, 또다시 상상도 할 수 없는 충격파가 온몸을 해체할 듯 집어삼켰다.

월켄이 검을 떨어뜨릴 뻔한 자신의 손을 매만지며 믿을 수 없다는 눈으로 카젠을 바라봤다.

분명 사람을 상대하고 있는데, 그런 사람처럼 느껴지지 않았다.

마치 거대한 바위 같은 무생물.

아니 그것보다는…….

'정말 산 같았다!'

말로 표현할 수 없는 압도적인 태세.

이건 투기나 검술로는 도저히 설명할 수 없는, 그야말로 처음 겪는 종류의 권능과도 같은 힘이었다.

카젠의 검, 한 수 한 수에 산사태와 같은 재해(災害)가 담겨 있는 것이다.

"······어떻게 하신 겁니까?"

이런 걸 단순히 '검술'이라고 표현할 수 있을까?

카젠은 그런 월켄의 질문에 담긴 감정을 느꼈다.

자신도 마찬가지로 초인인데, 어째서 이렇게 압도적으로 제압당할 수 있는가에 대한 치기 어린 상실감.

"그 말은 조금 모욕적이군."

검을 회수한 카젠이 몽델리아 산맥을 바라보며 다시 입을 열었다.

"자네는 뛰어난 재능으로 단기간에 진입한 초인의 검. 하지만 이 카젠은 세월과 경험으로 완성한 초인의 검이지."

"······."

"직접 몸으로 겪고도 그 차이를 느끼지 못했다면 실망이군. 그럼 조금은 직설적으로 말을 해 볼까."

"경청하겠습니다."

카젠이 묘하게 웃었다.

"무식한 투기와 스피릿 오러 세례를 제외하면 자네의 검에는 무엇이 남는가?"

"예?"

실제로 사부님이 보여 주었던 '혼돈의 검(劍)'은 그것이 다였다.

집채만 한 나무를 통째로 베어 넘기던 소드 브링어, 강력한 회전력으로 적을 분쇄하는 소드 스파이럴, 투기를 폭발하는 검 소드 스톰 라이저.

세상을 직선으로 베는 캘러미티 라인, 가공할 파괴력의 검기 폭풍 캘러미티 웨이브, 세상을 집어삼키는 광휘의 오러 캘러미티 블레이즈까지.

그야말로 투기와 오러가 전부다.

도대체 그걸 빼고 나면 무엇이 남는단 말인가?

그때.

"치명적인 독이군. 자네의 스승에게 시간이 별로 없었다는 것이 지금의 자네에겐 독으로 작용하고 있네."

더욱 묘해지는 월켄의 표정.

그러고 보니 전에도 카젠에게 비슷한 말을 들은 적이 있었다.

-자네의 스승에겐 시간이 별로 없었던 모양이군.

전에는 그 말에 담긴 뜻을 구체적으로 느끼진 못했는데, 그의 검을 직접 겪고 나니 이제야 월켄은 절실하게 와닿았다.

당장은 자신에게 부족한 것이 무엇인지를 명확하게 인지할 수는 없었다.

하지만 느꼈다는 것이 중요하다.

월켄은 그것이 얼마나 커다란 도약인지를 잘 알고 있었다.

"가르침에 감사드립니다."

정중한 기사의 예.

카젠이 흡족하게 웃었다.

"그래. 자네에게 시간은 많네. 포기하지 않고 나아간다면 언제고 길을 내어 주는 것이 검이란 놈의 마성(魔性)이지."

그때, 연무장 계단을 천천히 오르고 있는 소에느가 카젠의 시야에 들어왔다.

소에느는 자신이 연무장에 있을 때만큼은 좀처럼 방해하지 않는다.

분명 무언가 중요한 일이 생겼음이 틀림없었다.

"가주."

정중한 사자가(獅子家)의 예법.

자신을 오라버니라 부르지 않고 가주로 불렀다는 것은 공적인 일로 찾아온 것이라는 뜻.

"고문은 기탄없이 말하라."

"몇 시간 전부터 귀족가들의 행렬이 끝도 없이 밀려들고 있어요."

"귀족가들?"

하이베른가는 고고한 대공가나 메인 정치 무대에서 완벽하게 소외된 가문.

때문에 여느 귀족가가 방문하는 일은 연중행사나 다름없는 일이었다.

한데 한 가문도 아니고 무려 '귀족가들'이라니?

"놀라지 마세요. 우리 가문에 찾아온 자들은 모두 남부의 가문들이에요."

"남부?"

북부 가문들이 몰려와도 희한한 일인 판국에 남부라니?

남부 가문들은 대부분이 렌시아가의 영향력 아래 귀속되어 있는 자들이었다.

"그들이 방문 목적을 밝혔나?"

"우리와 거래를 희망하고 있어요."

"……거래?"

"네. 자신들의 특산물을 거래하고 싶다던데요?"

당황스럽다.

하이베른가는 곤궁한 영지 사정은 물론이거니와 그들과 거래할 특산물이랄 것도 없었다.

"또 무슨 수작질이겠군."

분명 그들을 통제하고 있는 렌시아가의 수작질이 틀림없을 터.

"그렇지 않아요. 그들의 태도가…… 조금, 아니 많이 이상해요."

"어떤 점에서?"

곰곰이 생각하던 소에느가 눈빛을 반짝였다.

"……지독하게 간절한 느낌? 이번 거래를 성사하지 못하고 돌아간다면 차라리 죽겠다는 심정? 하나같이 그런 태도들이에요."

카젠의 표정이 점점 누그러진다.

목적이 순수한 거래라면 군이 마다할 필요는 없었다.

조건만 좋다면 오히려 남부의 물자가 절실한 하이베른가
로서는 기회로 작용할 테니까.

하지만 아무리 생각해도 이상했다.

풍족한 물자로 부유한 남부의 가문들이 대체 하이베른가
의 무엇을 원하고 있단 말인가?

"우리에게 저들이 원하는 것이 있었나?"

"기사 병력을 제외한다면 없겠죠."

그러나 하이베른가는 왕명 없이 사적으로 기사단을 움직
이는 불충한 가문이 아니다.

또한 남부는 렌시아가 아래 통합된 하나의 집단.

대규모 영지전 자체가 발생할 수 없는 구조다.

결국은 저들과 거래할 수단이 금화밖에 없다는 건데…….

"우리에게 지불할 금화가 있나?"

"없죠. 당장 춘궁기에 영지민들을 구휼할 재정도 부족한
마당인데."

소에느가 고문으로 취임한 후로 철저한 영지 관리를 통해
사정이 조금은 나아진 편.

하지만 텅 비어 있던 곳간이 단숨에 채워지는 건 아니었다.

그때, 집사 아길레가 바쁜 걸음으로 다가왔다.

"고문님. 남부 귀족가들이 요청한 거래 품목과 수량, 그리

56 하이베른가의
대공자 8

고 단가…… 입니다."

뭔가 심상치 않은 아길레의 표정.

특히 '단가'를 언급할 때 그의 눈빛이 폭풍처럼 흔들리고 있었다.

낚아채듯 서류를 빼앗은 소에느의 눈빛도 곧 그런 아길레와 비슷해졌다.

"아, 아니! 이, 이게 뭐야!"

"왜 그러느냐?"

황당하다는 듯이 서류를 카젠에게 내미는 소에느.

"미친놈들! 하나같이 시세의 3, 4배가 넘잖아요!"

"뭣이?"

서류를 살피던 카젠이 와락 인상을 구겼다.

눈에 띄는 품목 하나.

크리안 산맥의 특산물 오바움 나무.

그런 오바움 나무의 거래 요청 단가가 무려 시세의 세 배인 300리랑으로 표기되어 있었다.

아무리 경영에 눈이 어두운 카젠이라도 워낙 가격 차이가 심하다 보니 분명하게 느끼고 있는 것이다.

뭔가 묘한 일이 벌어지고 있다는 것을.

"아니 이 남부의 후레자식들이 드디어 미쳐 버렸나? 아무리 우리가 호구로 보였기로서니 시세의 3배라니? 가주님! 당장 저것들을 눈에서 치워 버리죠!"

그때.

콰아아아아아앙—

몽델리아 산맥 전체를 울려 오는 거대한 굉음.

하지만 왠지 뭔가 익숙한 느낌.

소에느가 소름이 돋은 표정으로 고개를 기울였다.

"이, 이 공기가 찢어지는 소리…… 어디서 많이 들은 것만 같은 느낌인데."

월켄이 웃었다.

"녀석이 온 것 같습니다."

황급히 소에느와 시선을 교환하던 카젠이 하늘을 바라본다.

그렇게 카젠이 묘한 심정으로 하늘을 올려다보았을 때.

까마득한 상공의 점(點)이 점점 추락하고 있었다.

"이 녀석!"

괴상한 괴물의 꼬리를 손에 들고 나타난 하이베른가의 대공자.

"어? 하나가 아니네?"

괴상한 꼬리를 잡고 있지 않은 루인의 반대 손.

그런 그의 손에 주렁주렁 매달려 있는 생도들.

그렇게 불청객을 줄줄이 달고 나타난 루인이 씨익 하고 웃고 있었다.

중력 역전 마법으로 천천히 하강하고 있는 루인과 목소리 생도들.

저 멀리 내성의 광장 쪽에서 거센 고함 소리가 들려왔다.

-형니이이이이임!

온몸에 육중한 갑주를 걸친 채로 정신없이 뛰어오고 있는 데인.

연무장에 착지한 루인이 친구들을 내려놓으며 인상을 찡 그렸다.

"방정맞은 녀석. 이제 곧 성년인데."

반가움보다 더한 황망함이 카젠의 두 눈에 얽힌다.

"갑자기 무슨 일이냐?"

루인이 피식 웃었다.

"한사코 가문으로 돌아오라고 하실 때가 엊그제 같은데 반응이 좀 그러네요, 아버지?"

마주 미간을 찌푸리던 카젠이 월켄과 루인을 번갈아 응시했다.

"네 친구 녀석은 깊은 새벽에 성벽을 타고 넘어 날 당황스럽게 만들더군. 게다가 허구한 날 하늘에서 떨어지는 녀석이 있질 않나…… 우리 사자성의 방비를 이렇게 계속 무시해도 되겠느냐?"

"제 집입니다."

카젠이 묘한 눈빛으로 웃었다.

"오냐. 계속 그렇게 나오겠다면 내 직접 가율로 경비대장을 잘라 주지."

역시 창백한 얼굴로 헐레벌떡 뛰어오던 경비대장 하비아스가 그런 카젠의 말을 듣고는 더욱 혼비백산했다.

"가, 가주님!"

하비아스의 표정에는 억울한 속내가 가득 묻어 나오고 있었다.

대체 야밤에 은밀히 담벼락을 넘는 초인 기사와 하늘에서 떨어지는 마법사를 무슨 수로 막는단 말인가?

"하하하하!"

호탕하게 웃던 카젠이 생도들을 천천히 훑었다.

"반가운 얼굴들이군."

루인이 아카데미에서 사귄 생도들을 카젠도 관심 있게 지켜보고 있었다.

저 무뚝뚝하고 괴팍한 아들 녀석의 마음을 훔친 아이들.

저 치밀하고 냉철한 루인이 이렇게 가문에까지 데려왔다는 것은 많은 의미가 담겨 있었다.

"와, 왕국의 기수이시여! 처음 인사드리겠습니다! 저는 시론—"

"시론 마엔티 메데니아. 메데니아가의 소중한 아들이 아닌가."

"헉! 절 어떻게……."

"세베론 샤비엔. 리리아 드리미트 어브렐. 다프네 알렌시아나. 루이즈 리베잔느."

목소리 생도들에게 차례로 이름을 불러 주던 카젠이 이내 푸근하게 웃었다.

"이미 자네들을 모두 알고 있으니 자기소개는 하지 않아도 무방하네."

루인의 표정에서 금방 미묘한 감정이 묻어 나왔다.

아들의 모든 것을 사랑하는 아버지의 마음이 느껴졌기 때문.

내내 무심한 척하시는 아버지.

하지만 그런 철혈의 사자왕이라는 이명이 무색할 만큼, 자신의 친구들을 바라보는 아버지의 얼굴은 너무나도 따뜻하고 자애로웠다.

철컥철컥!

"형님!"

데인이 얼굴에 한 아름 웃음꽃을 피운 채 루인을 맞이하고 있었다.

동생의 키와 몸집을 가늠해 보던 루인이 흡족하게 고개를 끄덕였다.

"키가 많이 컸구나."

하루하루가 다른 시기.

가문을 떠나기 전과는 아예 다른 사람, 이제는 거의 성인처럼 느껴질 정도였다.

"하하! 그런가요? 형님께서 그런 말을 해 주시니 잘 먹고 열심히 단련한 보람이 있습니다!"

루인은 데인의 머리를 헝클며 흙먼지로 가득한 그의 찌그러진 갑주를 훑고 있었다.

"군열을 배우고 있는 것이냐."

"예!"

하이베른가의 용맹한 기사라면 성년이 되기 전에 반드시 군열(軍列)을 익혀야 한다.

거기엔 누구도 예외는 없었다.

군열을 배우지 않고서는 기사 조직, 군대를 이해할 수가 없는 것이다.

"훌륭하다."

짧은 한마디.

일견 흐트러져 보이지만 일정하게 유지되는 기세, 더욱 농밀해진 투기의 결을 읽어 내며 루인은 진심으로 흡족했다.

자신이 보고 싶었던 건 바로 이런 데인의 모습.

루인은 이제야 비로소 검술왕(劍術王) 데인이 진정한 기사로 거듭났다는 것을 인정할 수 있었다.

눈시울을 붉히는 데인.

정말 너무나도 힘들었던 나날들이었다.

위대한 기사의 생애를 꿈꾸고 있으나 아직은 그도 소년에 불과한 나이.

하이베른가의 직계 혈족이라는 무게에 짓눌려 참고 견뎌 왔을 뿐, 그 역시 지금까지의 수련이 힘들지 않았던 것은 아니었다.

루인이 말없이 그런 동생의 등을 두드렸다.

"아무 이유 없이 친구들까지 데려오진 않았을 테지. 이번 에는 어인 일이냐?"

"아카데미 생활을 관두려고요."

"……그게 정말이냐?"

그동안 바라 왔던 일이었으나 카젠은 왠지 뜻 모를 불안함 이 밀려왔다.

역시 그런 불안한 예감은 적중했다.

"친구들과 고대 유적을 탐험하려고 합니다. 탐험에 앞서, 잠시 가문의 일을 상의하기 위해 왔고요."

"고대 유적? 무슨 유적 말이냐? 네 녀석 설마?"

반복된 전쟁으로 베나스 대륙에 유적이라 불릴 만한 곳은 거의 남아 있지 않았다.

대부분 침입자에 의해 파괴되거나 극도의 위험성 때문에

폐쇄된 던전들이 대다수.

그런 던전들 중 마법사의 길을 걷고 있는 루인과 친구들이 탐험에 나설 만한 곳이라면…….

"테아마라스의 유적은 아니겠지?"

"역시 아버지십니다. 마치 제 마음을 들여다보신 것처럼 이야기하시는군요."

황당하다는 듯 굳어지는 카젠.

무투대회에서 우승한 마법 생도들이라면 거의 대부분 테아마라스의 유적을 탐험하려 든다는 것을 카젠도 잘 알고 있었다.

매번 왕실의 요청으로 유적 탐험대를 지원해 왔던 것이 다름 아닌 자신이었으니까.

카젠은 그때마다 잃은 기사들이 생각났다.

하나같이 용맹하고 뛰어난 기사들이었지만 지금까지 무수한 탐험대들이 복귀하지 못했다.

아카데미는 왕국의 보호라도 받지, 테아마라스의 유적은 생사를 장담할 수 없는 위험천만한 곳.

한데 이어진 루인의 대답은 더욱 황당하기 짝이 없었다.

"저희 탐험대를 지원하실 생각은 접으십시오. 최대한 행적을 노출하지 않고 은밀히 탐험할 예정입니다."

"뭐라……?"

고위 기사 여럿과 뛰어난 마도학자로 구성된 파티조차 돌아오지 못한 경우가 부지기수.

한데 지금 그런 위험한 곳을 생도들끼리만 가겠다는 건가?

"불가! 그건 자살행위다!"

예상에서 한 치도 벗어나지 않는 아버지의 반응에 루인은 무감한 얼굴로 서 있었다.

"당장 출발할 생각은 없습니다. 그 얘기는 나중에 다시 하는 걸로 하지요."

"더 이야기할 필요도 없다! 나는 분명 안 된다고 하였다!"

"돼요. 이 세상에 안 되는 게 어딨습니까?"

"너 이 녀석!"

소에느를 흘깃 쳐다보는 루인.

"고모는 또 표정이 왜 그래?"

이 와중에도 몰려든 남부 귀족들을 어떻게 처리할까를 고민하고 있던 소에느가 황급히 정신을 차렸다.

"아. 아무것도 아니야."

피식.

자신의 일에 이 정도로 깊게 파고들 수 있는 사람은 그다지 많지 않은 법.

루인은 더는 그녀의 역량을 의심하지 않았다.

"하여튼 약삭빠른 놈들이군."

남부의 가문들이 자신의 제안을 들은 건 이제 고작 열흘 남짓.

그사이에 벌써 하이베른가로 모여들어 확답을 받으려고 저 난리를 치고 있는 것이다.

문득 루인은 이런 난처한 상황을 맞이한 소에느의 계획이 궁금했다.

"성곽의 바깥까지 귀족가의 마차 행렬이 끝도 없던데 대체 무슨 일이지?"

"아, 그게……."

그간의 일을 심각하게 설명하는 소에느.

이미 모든 사정을 알고 있었지만 루인은 짐짓 놀란 얼굴을 했다.

"그래서 고모는 이제 어떡할 거지? 우리 가문이 저들과 거래할 재정의 여력이 있나?"

"없어. 이대로라면 축객령만이 답인데."

하지만 뛰어난 책사, 가문의 고문이라면 어떤 상황에서도 유리한 형국을 만들어 내는 것이 본분.

한자리에 모이기도 힘든 남부의 쟁쟁한 귀족들이, 이렇게 하이베른가에 직접 찾아온 마당인데 어떤 기회라도 살리고 싶었다.

그래서 소에느가 이토록 골몰하고 있는 것이다.

"그럼 적당히 밥들 먹여서 돌려보내면 되겠구만 뭘."

"그건 아니야. 렌시아가의 영향력 아래 있는 가문들과 접촉할 기회는 많지 않아. 잘하면 어브렐가와 접점이 있는 가문들을 중심으로 뭔가 일을 도모해 볼 수 있을 것만 같아."

"어떤?"

"중부의 용병대가 우리 하이베른과 협력한다면 불안할 가
문은 많을 테니까. 생각보다 용병대에 기대고 있는 가문이 많
더라고."

피식 웃었다.

"그럴 테지. 남부의 기사들이란 기사들은 죄다 렌시아가로
몰려가서 충성 서약을 해 버리니까. 나머지 가문들은 기사를
구경조차 하지 못할 테지."

"네 말대로야. 생각보다 자체 병력을 운용하는 가문들이
몇 개 없었어. 그나마 기사들을 보유한 가문이라고 해도 빈약
한 수준이고."

"중부의 용병들을 지원받지 못한다면 산적에게도 털릴 수
있다는 건가?"

"실제로 그래. 특히 이맘때쯤엔 약탈이 극심해지니까. 게
다가 용병들이 없으면 토벌단도 꾸릴 수 없잖아? 고매한 기
사들이 매번 나설 수도 없는 일이고."

듣고 있자니 루인은 짜증이 났다.

사실 역사적으로나 전통적으로나 토벌단은 왕실에서 지원
을 해 왔다.

그런 지원조차 불가능할 정도로 이 나라 르마델은 병들어
있는 것이다.

나라 살림조차 제대로 굴러가지 않는 판국에 알칸 제국을 상대하겠다니!

이대로 의미 없이 시간만 보낸다면 북부 왕국들의 틈바구니에서 최약체 국가로 전락할 수도 있었다.

"그래서 어떻게 엮을 작정이지?"

잠시 머뭇거리던 소에느가 신중히 대답했다.

"이런 말도 안 되는 거래를 제시하는 이유부터 알아야겠지. 일단 어브렐가의 이름을 최대한 들먹이며 압박해서 적당한 구실이나 명분쯤은 잡아 둘 계획이야."

"명분? 수틀리면 정말 중부의 용병대를 통제하겠다는 건가?"

"너 때문에 정신없이 봉신가 서약만 했지 실제로 어브렐가가 우리에게 협력할지는 미지수잖아? 적당히 시늉만 내는 거지."

"고작 시늉으로 되겠어? 아예 어브렐가에 기사 전력을 배치하지 그래?"

"이제 막 봉신가로 들어온 가문을 힘으로 통제하는 건 멍청한 판단이야. 그렇게 길들이는 건 단기적인 수지. 너 설마? 그들을 이용만 하고 버릴 셈이야?"

"하하하하!"

카젠이 그런 루인과 소에느를 멍하니 바라보고 있었다.

사실 둘이서 무슨 말을 하고 있는지 제대로 알아들을 수도 없었다.

천연덕스럽게 봉신가의 위세를 이용하겠다는 자신의 여동생.

기사단을 배치하여 봉신가를 통제하자며 맞장구를 치는 루인.

둘 다 정상 같아 보이진 않았다.

"흠."

반면 루인은 소에느가 점점 더 마음에 들었다.

과연 가문의 7할을 먹어 치웠던 여장부답게 매번 수를 쓰는 것이 범상치가 않았다.

이런 인재(?)에게 칼을 쥐여 주는 건 하나도 아깝지 않았다.

지이이이잉-

루인의 보물 창고, 아공간 헬라게아에서 막대한 양의 황금이 쏟아지기 시작한다.

일렬로 둥실거리며 흘러나온 황금 주괴들이 이내 차곡차곡 포개어지는 광경을 멍하니 바라보고 있는 소에느.

"이, 이게 대체……?"

오는 길에 리네오 길드에서 몇 개의 마정을 더 처분하고 확보한 금괴의 개수는 무려 600여 개.

600만 리랑의 가치와 동일한 현물이 지금 눈앞에서 실시간으로 쌓여 가고 있는 것이다.

"고모. 이걸로 저들의 요구대로 모두 매입해."

"아, 아니 그것보다 이게 무슨 돈이냐고?"

씨익.

"벌었어."

카젠이 신비로운 아들을 멍하니 바라본다.

가문의 1년 재정보다 많은 금괴를 아공간에서 꺼내는 아들
은.

초인보다 더 위대해 보였다.

"이게 도대체 얼마야?"

눈앞에 산더미처럼 쌓여 버린 금괴를 바라보며 아직도 소
에느는 현실을 자각하지 못하고 있었다.

태연한 루인의 목소리.

"6백만 리랑."

"뭐……?"

6백만 리랑.

르마델의 대공가, 북부의 통치자인 하이베른가의 1년 재정
보다 많은 금 더미.

지금까지 혈족과 봉신가들을 쥐어짜고 쥐어짜서 겨우 50
만 리랑의 재정의 여유가 생겼는데, 그 열 배가 넘는 6백만 리
랑이 갑자기 하늘에서 떨어져 버린 것.

이 엄청난 규모의 금괴를 고작 '벌었다' 수준으로 치부하며
가문에 내놓는 루인, 이런 상황이 소에느는 너무나도 비현실
적으로 느껴졌다.

"우리 아들 대단하군!"

흐뭇하게 웃으며 엄지를 척-하고 치켜세우는 카젠.

소에느는 그런 오라버니를 더욱 이해할 수 없었다.

"가주님? 이걸 그냥 받아들인다고요? 이게 지금 얼마나 비현실적인 돈인데……!"

"벌었다지 않느냐?"

"……."

이 정도 금괴라면 왕국의 권력 지형을 송두리째 흔들 수 있는 거액.

어느새 루인의 두 눈은 차갑게 가라앉아 있었다.

"고모. 렌시아 놈들은 이 금괴의 열 배가 넘는 거액을 매년 상시적인 재정으로 운용해."

"하지만 그건……!"

아무리 하이베른가라고 해도 남부의 상상할 수 없는 수확량, 풍부한 물자를 한 손에 거머쥐고 있는 그들과 비교할 수는 없었다.

엄청난 규모의 길드와 상인들이 구름처럼 모여든 남부와는 시장 규모 자체가 다른 세상인 것이다.

"저들과 계약하고 나면 없어지는 돈 가지고 너무 호들갑 떨지 말란 뜻이야. 이 정도는 남부의 몇몇 가문 정도를 포섭하는 수준밖에 안 돼."

들으면 들을수록 묘하게 욱하고 치미는 카젠.

복잡한 숫자 놀음, 재정의 경영에 그다지 자질이 없는 자신으로서는 루인이 간단하다는 듯이 말하고 있는 모든 것들이 하늘의 영역이었다.

소에느 역시, 지금까지 이 간단한 걸 하지 못해 하이베른가를 이 지경으로 만들어 놓았냐는 핀잔처럼 들렸다.

소에느가 이를 깨문다.

"왜지? 그런 비합리적인 조건으로 저들과 계약하려는 목적이 뭐야? 이 돈이면 저들이 제시한 물량의 3, 4배는 족히 구할수 있을 텐데?"

"정말 모르겠어?"

그때, 다프네가 끼어들었다.

"남부의 결속은 무척 단단해요. 루인 님은 지금 그 결속을 깨려 하고 있어요."

다프네를 쳐다보던 소에느의 눈빛이 더욱 황당함으로 물들었다.

"설마……? 이 불합리한 거래를 계속 유지하겠다는 거야?"

"물론."

남부 귀족가들의 끈끈한 관계를 모조리 흔들어 놓겠다는 심산.

이권으로 결속을 흔드는 전통적인 공략법, 어쩌면 가장 확실한 방법이기도 했다.

하지만 이런 엄청난 금을 얼마나 더 퍼부어야 할지 소에느는 감도 잡을 수 없었다.

"잘 이해가 되지 않는군. 남부의 귀족들은 닳고 닳은 자들이다. 분명 우리에게 그만한 재정적 여유가 없다는 걸 잘 알고 있을 텐데?"

그런 사자왕의 궁금증을 루이즈가 해결해 주었다.

〈루인 님께서 파네옴 광산을 마정 광산이라고 전 왕국에 선포했어요.〉

"……마정?"

마정 광산.

귓가에 비현실적인 단어가 들려오자 소에느는 몸서리칠 정도로 경악했다.

"그, 그딴 게 파네옴 광산에 있을 리가 없잖아!"

그동안 소에느도 실낱같은 기대를 안고 전문가를 고용해 광맥을 탐험해 왔다.

그러나 마정은커녕 흔한 철광 하나 개발할 수 없었다. 몇몇 광맥을 짚어 내긴 했지만 너무 깊은 지하에 있어 채산성이 없었던 것.

모두가 절레절레 고개만 젓고 떠나간, 거지 같은 파네옴 광산에 '신이 남긴 축복', '대지의 신비' 따위로 불리는 마정이라니?

같은 무게의 오리하르콘보다도 비싼 최고의 보물 마정(魔精).

그런 게 있었더라면 지금까지 가문이 이렇게 고생하지도 않았다.

소에느가 다소 격앙된 심정으로 루인을 쏘아보았다.

"설명해!"

설사 마정 광산을 확보한 것이 사실이라도 해도, 공개적으로 왕국에 공표한 것은 그야말로 최악의 수였다.

이 세계가 마장기를 중심으로 돌아가는 이상, 그 일은 더 이상 귀족들의 일이 아니게 된다.

저 탐욕스러운 알칸 제국이 마정 광산을 가만히 내버려 둘 리가 없을 테니까.

이 소식이 퍼져 나간다면 틀림없이 북부 왕국들을 들쑤셔 전쟁을 일으킬 것이다.

아니 자칫하다간 제국이 직접 나설 수도 있었다.

하이베른은, 아니 이 르마델은 결코 알칸 제국의 전력을 맞상대할 수 없었다.

국왕 데오란츠가 오랜 맹약에 따라 알칸 제국의 공주와 혼약을 맺지 못했더라면 르마델은 진작에 제국의 말발굽 아래 짓밟혔을 것이다.

치밀한 루인이 그런 무모한 짓을 벌였다는 것이 소에느는 믿어지지 않았다.

한데 루인이 전혀 다른 소리를 늘어놓았다.

"마장기를 다루는 마도의 핵심은 공명력이다."

갑작스런 루인의 말에 멍하게 굳어져 있던 시론이 이내 경악하며 소리쳤다.

"너 설마!"

함께 경악하는 다프네.

"서, 설마 마장기와 공명(共鳴)하는 방법을 우리에게 알려 주겠다는 건가요?"

공명력(共鳴力).

마장기의 라이더, 즉 현자만이 다룰 수 있는 위대한 마도의 힘.

세베론이 흔들리는 눈빛으로 루인을 쳐다본다.

"우리 정도의 위계에서 다룰 수 있는 힘이 아니잖아?"

마장기의 마력핵에서 흘러나오는 막대한 마나를 다루는 힘, 즉 공명력은 현자급 마법사만이 가능한 것.

8위계를 정복하지 못한 마법사가 그런 수준의 마력을 함부로 다루려고 했다간 온몸이 산산이 터져 버리고 말 것이다.

한데 루인의 대답은 즉각적이었다.

"틀렸다."

"뭐……?"

"너희들도 다룰 수 있다. 다만 마장기의 위력이 조금 약해질 뿐이지."

75

"설명해 줘!"

시론이 당장이라도 배우겠다는 듯 콧김을 뿜으며 흥분하자 루인이 피식 웃으며 대답을 이어 갔다.

"간단해. 마력핵에서 흘러나오는 마력을 감당할 수 있을 만큼만 운용하는 것이다. 다만 마장기가 운용할 술식을 위력에 맞게 모두 손봐야 한다. 그 일이 조금 번거로울 뿐이야."

"네?"

다프네는 그 말을 이해할 수가 없었다.

마장기가 왜 마장기인가?

마장기의 동체에 새겨져 있는 술식 그대로가 아니라면 마장기가 지닌 본래의 위력을 발휘할 수가 없게 되는 것.

마력 포격은 물론, 마장기가 뿜어내는 술식의 위력이 전체적으로 약해진다면 그건 더 이상 마장기로 부를 수 없게 되는 것이다.

"이런 식이지."

헬라게아의 공간이 쭈욱 하고 찢어지며 그 틈으로 시커먼 형상이 점점 드러난다.

거대한 연무장의 반을 가려 버린 쟈이로벨의 마장기.

그런 '진네옴 투드라'의 압도적인 위용 앞에 카젠과 데인, 소에느가 하나같이 벌린 입을 다물지 못하고 있었다.

우우우우웅-

루인이 수인을 화려하게 맺자, 가공할 염동력과 마력이 그대로 뻗어 가 외부 장갑의 술식이 변형되기 시작했다.

시론은 어이가 없었다.

외부 장갑의 룬 마법은 틀림없이 고위 마법사 수십여 명이 힘을 합쳐 새겨 넣은 것.

그런 룬 마법을 강제로 변형시키려면 협력 술식의 막대한 염동력과 마력이 필요한데, 지금 루인은 그걸 홀로 해내고 있는 것이다.

더욱이 룬 마법의 술식 조합을 변형시킬 수 있다는 건…….

'저 술식들의 정체와 이론을 모두 파악하고 있다는 뜻이다!'

아무리 끈질기게 관찰해도 미약한 이론 몇 가지만 알아볼 수 있을 뿐, 술식의 정체나 운용의 기저를 파악하기조차 하기 힘들었다.

그런 고위계 술식들을 간단하게 변형 하고 있으니 황당하기 짝이 없는 것이다.

"이 정도면 되겠군. 다프네."

"네?"

"마력핵을 발동시켜라."

"네? 지금요?"

"마력핵을 깨우는 것쯤은 할 수 있을 텐데?"

"하, 하지만!"

마장기의 마력핵에서 뿜어져 나오는 마력이라면 1백만 리쿼르는 가뿐히 넘을 터.

다프네로서는 그런 엄청난 마력을 운용하는 것이 정말이지 상상도 가지 않았다.

"모, 못하겠어요!"

자신의 스승인 현자 에기오스조차 왕국의 마장기를 제대로 다루는 것에 목숨을 걸었다고 전해진다.

수도 없이 시행착오를 반복하여 일정 수준까지 공명력을 끌어올린 후에야, 비로소 마장기의 오너라 불릴 수 있게 된 것이다.

"걱정 마. 네가 위험해지는 걸 내가 두고 볼 리가 없잖아."

"그래도……."

"여차하면 마력핵을 부숴 버리면 되니까."

"뭐?"

당황한 시론이 루인을 미친놈 보듯이 쳐다본다.

마력핵을 부수는 순간 저 무시무시한 마장기는 고철 덩어리로 변한다.

웬만한 왕국의 운명을 쥐고 흔들 수 있는 막강한 마도 병기가 무슨 장난감인 줄 아는 건가?

"어차피 다섯 기 정도는 너희들의 수준에 맞게 모두 손봐야 된다. 단기간에 공명력을 완성할 수 없다면 마력핵 자체를 교체하면 그만이지."

묘한 얼굴로 고개를 꺾는 시론.

"너 설마 우리 전부를?"

"그럼 내가 아무런 대비도 없이 그 위험한 유적을 탐험할 거라고 생각했나?"

두근두근.

일제히 가슴이 뛰기 시작하는 목소리 생도들.

그때.

지이이이잉-

다시 헬라게아의 공간이 열리며 차례로 모습을 드러내는 마장기들.

먼저 드러난 마장기와 한 치의 다름도 없는 위용.

마치 틀로 찍은 듯한 똑같은 모양의 마장기 다섯 기가 차례로 도열한다.

이 시점에서 카젠과 소에느의 사고는 완벽히 정지되어 버렸다.

한데 그것이 끝이 아니었다.

콰콰쾅-

콰콰콰쾅-

헬라게아의 틈, 검고 거대한 무언가가 마치 운석처럼 연무장에 떨어지고 있었다.

또한 살면서 한 번도 보지 못한 괴이한 생김새의 도구들과 각종 재료들도 함께 쏟아지고 있었다.

그 비현실적인 광경을 멍하게 바라보고 있는 시론.

"설마 저게⋯⋯."

거대한 바위, 아니 저건 산인가?

일정한 간격의 전류 다발이 촘촘하게 얽히고 있는 거대한 마정 산(山).

그것은 지금까지 리네오 길드나 아카데미에서 드러낸 마정과는 비교조차 할 수 없는 압도적인 마정이었다.

한데, 그런 거대한 바위 같은 마정이 무려 마장기와 동일한 다섯 개.

곳곳에서 임무를 수행하던 기사들이 갑작스러운 굉음에 혼비백산하여 달려오다가 그대로 굳어졌다.

상상 밖의 비현실을 목격하게 되면 순간적으로 사고가 붕괴되는 법.

"한 명씩. 내가 시키는 대로 진네옴 투드라를 작동시킨다. 실패하면 출력을 조금 낮춘 마력핵을 계속 제작해 주지. 자신에게 맞는 마력핵을 찾아."

"……."

마장기의 권능에 마법사가 적응하는 게 아니라 마법사의 역량에 맞게 마장기의 위력을 조절한다?

아니 무슨 마장기가 맞춤 제작 드레스도 아니고…….

"뭐 해? 빨리들 시작 안 하고?"

"아, 알겠다!"

"해, 해 보겠어요!"

피식.

이 녀석들을 동료로 받아들였을 때부터 이미 다운 그레이드 마장기를 염두에 두고 있었던 루인.

루인은 자신의 마장기를 아낄 마음이 전혀 없었다.

어차피 악제가 대마력 차폐기이자 인공 생명체인 '안티 매직 와이엄'을 완성하면 이 세계의 모든 마장기가 고철 덩어리로 변할 테니까.

"고모는 뭐 해? 돈 안 가져가?"

이미 머릿속이 새하얗게 변해 버린 소에느가 카젠을 멍하니 응시하고 있었다.

"오라버니…… 이게 대체……."

어느새 정신을 차리고 흐뭇하게 웃고 있는 카젠.

"아? 몰랐나? 이 녀석이 바로 내 아들, 우리 하이베른가의 대공자다."

카젠은 문득 아들이 살아온 과거가 궁금해졌다.

도대체 어떤 삶을 살았기에 저 무시무시한 마장기들과 엄청난 규모의 마정 더미를 길거리에 굴러다니는 돌처럼 취급할 수 있단 말인가?

이 정도 마장기 부대라면 북부 왕국들을 통합할 수도 있는 압도적인 전력.

렌시아가의 남부 따윈 한나절 만에 밀어 버릴 수 있을 것이다.

하지만 물어볼 수가 없었다.

지켜보는 눈도 많거니와, 정작 루인의 입에서 진실이 흘러
나온다고 해도 감당할 자신이 없었기 때문.

'루인……'

대체 저 작은 머리 안에 무슨 생각과 계획이 들어 있을까?

아들이라기엔 이제는 너무 커 버린 것만 같았다.

"내, 내가 먼저다!"

"비켜요!"

마법 생도들이 신이 난 표정으로 각자의 마장기를 향해 뛰
어갔다.

그들이 마력핵에서 흘러나오는 막대한 마력을 조심스럽게
받아들이기 시작하자 소에느의 예의 뾰족한 목소리가 들려
왔다.

"네가 해!"

뚱한 표정으로 뒤를 돌아보는 루인.

"무슨 소리야?"

"모두 네가 차린 판이잖아! 이런 식으로 받아먹는 건 싫
어!"

사자의 가문을 절반 이상 먹어 치웠던 철혈의 여인.

남이 차린 밥상에 놀아나기 싫은, 그런 소에느의 자존감이
었다.

루인이 의미심장하게 웃고 있을 때 소에느가 연무장에서
멀어졌다.

한데 아버지의 곁에 있는 데인의 표정이 좋지 않았다.

마장기들을 바라보고 있는 데인의 눈빛에는 알 수 없는 적의로 가득했다.

루인이 호기심에 물었다.

"왜 그러느냐?"

"……모두 저것 때문입니다."

입술을 깨물고 있는 데인의 어깨가 떨리고 있었다.

마장기(魔裝機).

기사의 나라, 르마델을 무력하게 만든 근본적인 원흉.

대륙은 마장기가 등장한 시점부터 기사 중심에서 마탑으로 서서히 힘의 지형이 이동하고 있었다.

각국에서 우후죽순 등장하기 시작한 마탑들.

하이베른가가 몰락한 시점도 그와 비슷했다.

같은 검술 명가인 렌시아가가 위험을 무릅쓰고 비밀리에 마장기를 제작하고 있는 것도 그와 비슷한 맥락.

대륙의 질서와 권력 지형은 기사에서 마장기로 이미 확실하게 옮겨 간 상태였다.

루인은 그런 동생의 적대감을 지켜보는 것이 오히려 흡족했다.

분노와 증오는 때론 성장의 자양분이 되니까.

"검 하나로 마장기 포대를 부쉈던 기사를 알고 있다."

"예……?"

폭풍처럼 흔들리는 데인의 눈빛.

그건 가능한 것이 아니었다.

설사 마장기가 뿌려 대는 절대적인 마법들을 뚫는 것이 가능하다고 해도, 대부분의 마장기는 엄청난 방호력을 지니고 있었다.

검술의 극한이라는 스피릿 오로로도 이스하르콘을 뚫는다는 건 상상 속에서나 가능한 이야기.

값비싼 마장기는 그런 이스하르콘이 외부 장갑 전체를 감싸고 있는 것이다.

"불가능합니다!"

검의 최고 경지, 8성 이상의 초인이라고 해도 그런 위력은 가능한 것이 아니었다.

루인이 웃었다.

"미세한 착화점에 투기를 누적시키는 검의 기술이 있다. 이후에 일시적으로 투기를 폭발하여 강력한 힘을 얻어 내지."

검의 천재답게 데인은 곧바로 그 엄청난 난이도에 경악해 버렸다.

"미세한 착화점에 투기를……?"

적과의 교전에서 상대는 절대로 가만히 있지 않는다.

투로가 복잡하게 얽혀 가는 혼전 중에서 미세한 특정 부위에 투기를 중첩시킨다?

그게 가능하려면 대체 어떤 경지에 다다라야 할까?

"그 파괴력은 통상적인 스피릿 오러의 수십 배에 달하지. 그 기술을 완성한 기사는 그 기술의 이름을 '스피릿 스톰'이라 부르더군."

멀리서 월켄이 어색하게 웃고 있었다.

그제야 루인이 설명하고 있는 미지의 기사가 미래의 자신이라는 것을 깨달았기 때문.

"정말 검술로 이스하르콘…… 아니 마장기를 파괴하는 것이 가능하다는 겁니까?"

"물론."

하지만 스피릿 스톰을 자유자재로 발휘하는 건 초인을 돌파한 초월자에게나 가능한 이야기.

당장은 그 희망을 앗아 가고 싶지 않은 루인이었다.

"염원하고 노력한다면 검으로 분명하게 닿을 수 있는 경지다."

확고한 형님의 대답.

그 말에 데인의 표정이 눈에 띄게 밝아졌다.

"검이!"

데인이 신이 난 표정으로 스르릉 검을 빼어 든다.

월켄이 다가왔다.

"함께 해 보겠나, 소년?"

"영광입니다! 형님!"

"하하!"

검술왕과 검성이 사이좋게 웃으며 멀어져 갔다.

카젠의 흐뭇한 음성이 들려왔다.

"저 녀석이 속았다는 기분이 들었을 땐 머리에 허연 서리가 앉았을 때겠구나. 하하하!"

루인이 함께 웃었다.

"믿음 속에 나아가는 것과 불안함을 안고 버티는 것은 차이가 크지요."

"그래. 동기 부여로써는 좋은 조언이구나."

루인은 데인이 절망보단 희망을 먹고 자라는 기사가 되길 바랐다.

절망 속에서 버티던 녀석이 어떻게 변질되었는지를 지난 생에서 똑똑히 지켜보았으니까.

검성의 숙영지에 나타난 데인의 눈빛을 지금도 잊을 수가 없었다.

모든 것이 타고 남은 재처럼, 일말의 감정도 느껴지지 않는 허무한 눈으로 서 있던 검술왕.

당시의 데인은 기사가 아니라 검에 먹혀 버린 추악한 괴물 그 자체였다.

"저 마장기로 무얼 할 작정이냐."

아버지의 질문에 다시 예의 무심하게 입을 여는 루인.

"르마델의 남부를 먹어 치울 겁니다."

예전 같았으면 터무니없는 소리라고 일축했겠지만 마장기

부대를 직접 눈으로 보고 있는 마당.

카젠은 루인의 목적이 그 정도로 끝나지 않을 거라는 것을 너무나도 잘 알고 있었다.

"그리고?"

"르마넬을 제국으로 키워야겠죠."

"키워서?"

뭐라 대답하려던 루인이 인상을 찌그렸다.

"전에는 한사코 듣기 싫다고 하시더니 이젠 궁금해지신 모양입니다?"

피식하고 웃는 카젠.

"어쨌든 넌 내 아들이다. 이 하이베른가가 휘말릴 수밖에 없는 상황이지 않느냐?"

"하긴. 그것도 그러네요."

좀 더 진중해진 루인의 얼굴.

물론 구체적으로 밝힐 수는 없다.

하지만 하이베른의 대공자로서 가주에게 개략적으로나마 보고할 의무가 있었다.

"제 목적은 각국의 역량 증진입니다. 전쟁을 동반하지 않는다면 더더욱 좋겠지요."

"각국의 역량을 증진시킨다? 군비 경쟁을 유발하겠다는 뜻이냐?"

"그것보다는 좀 더 넓은 의미입니다. 베나스 대륙을 살아가는 인류 전체의 문명을 도약시킨다는 개념입니다."

"허……."

망상에 가까운, 그야말로 터무니없는 대답에 카젠은 넋이
나가 버렸다.

역사에 존재해 온 그 어떤 위대한 사상가도 이런 광오한 이
상향은 제시한 적이 없었다.

대체 인류 문명의 도약이라니…….

카젠의 두 눈이 끝없이 깊어진다.

"그때 본 그자가 그토록 무서운 존재더냐?"

"예."

아들의 입에서 즉각적으로 흘러나온 대답.

순간적으로 루인의 눈빛에서 뿜어져 나온 기세에 몸이 움
츠러들 정도다.

"두렵구나. 누구도 아닌 네가 이렇게 말할 정도라면……."

악제(惡帝).

말 몇 마디로 결코 형용할 수 없는 세계의 재앙.

신들조차 두려움에 움츠러들게 만든 저주의 이름이자, 살
아 숨 쉬는 모든 생명체에게 공포 그 자체였던 존재.

"그자의 목적이 무엇이냐?"

"세계의 절멸입니다."

"……절멸(絶滅)?"

해석의 여지를 주지 않는 끔찍한 단어.

인류의 역사 속에 무수한 패왕과 악인들이 있었으나 그와 같은 목적을 지닌 자는 결코 존재하지 않았다.

세계의 절멸이라니?

아무것도 남지 않은 세계라면 어떤 지배도 군림도 존재할 수가 없다.

지배할 땅도 군림할 대상도 없는 세상에 홀로 남아 대체 무엇을 하겠단 말인가?

"철저하게 미친 자로군."

한데 그런 미친 자가 루인이 두려워할 정도의 능력 역시 갖추고 있다는 뜻일 터.

"감히 일개 가문이 감당할 일이 아니구나."

어느 정도 짐작은 하고 있었으나 이 정도로 엄청난 스케일일지는 몰랐던 카젠.

"아버지."

"응?"

루인의 두 눈에 잿빛이 내려앉는다.

"정말 다 죽었었습니다."

들판에 뛰어놀던 아이들, 빵 굽는 연기로 뭉게뭉게 피어나던 굴뚝과 목말라 울던 가축들.

피에로들의 바람 잡는 소리, 하늘을 수놓는 폭죽, 상인들의 고함 소리…….

그런 모든 것들이 사라진 잿빛 세상.

절멸의 대지에서 홀로 남았던 루인의 기억은 일종의 지독한 트라우마였다.

"……."

아들의 텅 비어 버린 얼굴 앞에서 카젠은 아무 말도 할 수 없었다.

그런 절멸의 세계가 진짜 존재할 수 있다니!

그건 정말이지 상상도 할 수 없었다.

"목 놓아 부를 신들도 없었단 말이냐?"

"그들은 인간들이 절멸하기 전에 이미 소멸했습니다."

"소멸?"

더욱 당황스러워하는 카젠.

대저 한 인간의 힘이 어떻게 세계를 창조한 주신(主神)의 권능을 능가할 수 있단 말인가?

들을수록 두려움이 증폭된다.

카젠은 마치 꿈을 꾸는 것만 같은 심정이었다.

"정말 두렵구나. 한데 너는……."

신들마저 소멸시킨 자를 상대해야만 하는 운명이라…….

비로소 루인의 운명이 얼마나 거대한지를 본질적으로 느낀 카젠.

저 위풍당당한 위용을 드러내고 있는 마장기들조차 이제는 초라해 보일 지경이었다.

그때.

저 멀리서 소에느가 귀족들을 데리고 나타났다.

역시나 귀족들은 거대한 마장기, 진네옴 투드라가 도열해 있는 압도적인 광경에 그대로 굳어 버린 상태.

너무 놀라 아예 주저앉는 이도 간간이 보였다.

"이 마장기들을 저들에게 드러내도 되겠느냐?"

"뭐. 그것도 괜찮겠네요."

동료들을 마장기의 오너로 성장시키려면 어차피 진네옴 투드라의 공개가 필연적인 상황.

카젠이 루인을 따라 피식 웃었다.

"너로 인해 르마델이 한바탕 홍역을 치르겠구나."

"홍역 정도로 되겠습니까?"

이죽거리며 걸어간 루인이 귀족들을 맞이했다.

하이베른가의 대공자를 알아본 몇몇 귀족들이 기함하며 허리를 숙였다.

"하, 하이베른가의 대, 대공자를 뵈옵니다!"

"대, 대공자님!"

곁에 있던 카젠이 인상을 찡그렸다.

아니 버젓이 옆에 왕국의 기수이자 사자왕이 있는데 저자들이?

"또 뵙는군요 긱스 가주님. 먼 길을 오느라 고생이 많으셨습니다."

"대공자께서 너그러운 제안을 주셨는데 어찌 바삐 걸음하지 않을 수 있겠습니까? 한데 저 마장기들은⋯⋯?"

모든 귀족들의 시선이 일제히 루인에게 쏠린다.

싱긋 웃으며 대답하는 루인.

"오래전부터 공을 들인 우리 하이베른가의 마장기들입니다. 어떤가요? 좀 괜찮아 보이십니까?"

"하, 하이베른가의 마장기!"

"오오!"

웅성웅성.

귀족들의 동요는 꽤나 대단했다.

왕국의 병권을 손에 쥐고 있는 왕국의 기수 가문 하이베른가.

그런 기수가의 병권도 무시무시한데 저런 압도적인 마장기 다섯 기라니!

하나같이 안도의 한숨을 내쉬고 있는 귀족들.

하이렌시아가와 척을 지는 것을 각오하고 이 먼 하이베른가에 찾아온 보람이 생긴 것이다.

세속적인 귀족들은 눈앞의 대공자가 굳이 마장기를 드러낸 이유를 곧바로 짐작했다.

"이, 이번 거래를 포기하겠습니다!"

눈치 빠른 귀족 하나가 소리쳤고.

"저 역시 저희만 일방적인 이득을 보는 상황이 마음에 걸렸습니다!"

"이 벤허의 양심상 이런 거래는 할 수가 없습니다!"

경쟁하듯이 거래를 취소하는 귀족들!

분명 이 하이베른가와 다른 관계를 구축하고 싶어 하는 것
이다.

마장기를 직접 목도한 마당에 그것은 당연한 판단.

"허허……."

"호호."

카젠과 소에느가 마주 보며 허탈하게 웃고 있었다.

깨달은 것이다.

이미 이 하이베른가는 저 루인의 영향력 아래 완벽하게 귀
속되어 있었다는 것을.

Chapter. 53

루인이 남부의 귀족들과 협상을 이어 가던 그 순간.

"끄아아아아!"

결국 시론이 마장기의 마력핵에서 흘러나오는 마력을 감당하지 못하며 폭주를 일으켰다.

곧바로 등장한 건 역시 루인의 마력 칼날 다발이었다.

수백 개의 마력 칼날이 공기를 찢는 굉음을 내며 그대로 마장기의 마력핵을 강타한다.

쏴아아아아!

콰콰콰콰쾅!

역시 마력핵은 꿈쩍도 하지 않는다.

97

에게몬드(Egemond)가 통째로 코팅되어 있는 마력핵의 외부 크리스탈은 7백만 파스칼 이상의 물리력을 방호할 수 있다고 알려져 있다.

최소한 이스하르콘과 맞먹거나 그 이상의 강도를 자랑하는 것이다.

하지만 역시 문제는 그 수.

마력 칼날이 모두 소모될 때면 다시 수백 개씩 재생성되며 연속으로 마력핵을 강타한다.

결국 엄청난 마찰 계수를 감당하지 못하고 외부 크리스탈이 시뻘겋게 달아오르기 시작한 것이다.

그 광경을 황당하다는 듯이 바라보고 있는 카젠.

'마력핵이⋯⋯.'

마력핵은 마장기의 가장 중요한 핵심 기관이었기 때문에 마도 공학에서는 마력핵을 보호하기 위해 수단과 방법을 가리지 않았다.

천문학적인 가격의 에게몬드를 각종 시약과 특수한 마도 공법으로 제련한 외부 크리스탈은 사실상 물리적인 파괴가 불가능한 것이다.

한데 그런 마력핵의 외부 크리스탈을 마찰열로 통째로 녹여 버리다니!

저렇게 간단하게 마력핵을 파괴하는 것이 가능했다면 마장기가 세계의 질서가 되는 건 애초에 불가능했을 터.

마침내 카젠은 깨달았다.

자신의 아들, 루인에게는 수도 없이 마장기를 파괴해 본 경험이 있을 거라는 것을.

주우우욱—

시뻘겋게 축 늘어진 크리스탈, 마력핵이 드러나자 눈을 뜰수 없을 정도의 마력 휘광(輝光)이 사방을 집어삼켰다.

한데 이어진 루인의 행동이 더욱 놀라웠다.

스스스슥

혈주투계를 운용해 곧바로 허공으로 솟구친 루인이 마력핵을 통째로 움켜쥔 것이다.

"루인!"

비록 카젠이 마도(魔道)에 문외한이라고 해도, 마장기의 마력핵이 품고 있는 마력이 초월적이라는 것쯤은 잘 알고 있었다.

그런 위험한 권능이 담긴 물건을 통째로 움켜쥐었으니 걱정이 될 수밖에 없는 것이다.

그러나 그런 걱정이 무색할 정도로, 다시 지상에 착지한 루인이 태연한 얼굴로 마력핵을 해체하기 시작했다.

복잡한 술식이 마력핵에 얽혀 가자.

뿜어져 나오고 있던 강렬한 휘광이 힘을 점점 잃어버린다.

대체 무슨 수법으로 마력핵의 마력 폭주를 막은 건지 카젠은 짐작조차 할 수 없었다.

"……어떻게 된 것이냐?"

"마력핵의 마력을 모두 제거했습니다."

"허면 이제는 쓸모없어졌다는 뜻이냐?"

"새로운 마력핵으로 거듭나기 전까진 그런 셈이죠."

"허……."

결국 빛을 모두 잃어버린 마력핵.

저 조그마한 강마력 엔진을 제작하기 위해, 각국은 천문학적인 재원을 들여 마정을 매입한다.

수많은 마도학자들을 갈아 넣다시피 하여 탄생시킨 마도공학의 첨단이 실시간으로 파괴되고 있는 것이다.

그때 마력 폭주에서 겨우 회복한 시론이 벼락같이 달려왔다.

"저, 정말 그걸 파괴한 거냐!"

씨익.

"마력 폭주를 지켜보지 않겠다고 했잖아."

마력핵 따윈 수백 개를 소모시켜도 상관없었다.

루인에게 중요한 것은 과연 시론이 이번 기회로 얻은 것이 있느냐였다.

"어때? 직접 몸으로 마력핵을 경험한 소감은?"

"엄청났다!"

"감당할 수 있는 마력핵의 출력을 수치화할 수 있겠어?"

"어, 어느 정도는?"

흡족하게 웃는 루인.

"훌륭하다."

지이이이잉-

헬라게아의 아공간이 드러나며 그대로 마력핵이 소모된 시론의 진네옴 투드라를 집어삼킨다.

그 순간.

더욱 기함할 장면이 이어진다.

쿠쿠쿠쿠쿠쿠-

서서히 육중한 동체를 드러내는 새로운 진네옴 투드라.

멀쩡한 마력핵의 크리스탈이 강렬한 햇살에 사방으로 반사되고 있었다.

루인이 천천히 중력 역전 필드를 해제하자.

쿠우우우웅-

사자성 전체가 울릴 정도의 충격파와 함께 새로운 진네옴 투드라가 시론의 전면에 자리를 잡는다.

이어 들려오는 루인의 무심한 목소리.

"다시 해. 이번에는 네가 가용할 출력을 정확하게 수치화해야 할 거야."

마장기는 매우 민감한 마도 공학의 결정체.

혼전 상황에서 마력핵을 컨트롤하지 못한다는 건 곧 죽음을 의미한다.

그러므로 '어느 정도'라는 말로는 부족했다.

새로 제작할 마장기의 마력핵은 의복처럼 정확하게 시론에게 맞아야 하는 것이다.

"루, 루인……?"

극도로 당황해하는 시론.

말로 표현할 수 없을 정도의 부담감이 그의 온몸을 짓누르고 있었다.

"하기 싫어?"

세상에 이런 미친 방법으로 마장기의 오너가 될 기회가 다시 존재할 수 있을까?

결국 시론은 온몸에 돋아난 전율을 털어 내며 악착같이 이를 깨물었다.

"하겠다! 하겠다 루인!"

"시작해."

루인이 다시 귀족들을 쳐다보자 그들은 마치 죄라도 지은 양 시선을 피하기에 급급했다.

그들은 눈앞의 광경을 어떻게 받아들여야 할지 감도 잡히지 않았다.

인간의 사고(思考)라는 것은 엄연히 현실의 영역에서 일어나는 인지력을 바탕으로 한다.

하지만 이건 너무나도 극한의 비현실.

루인도 그들에게 시간이 필요하다는 것을 깨달았다.

"이거 제 욕심이 너무 과했군요. 먼 길을 오시느라 여독이 만만치 않으실 텐데, 며칠 쉬고 다시 이야기하는 건 어떻겠습니까?"

"그, 그래도 되겠습니까?"

긱스 공의 조심스러운 물음에 루인이 사람 좋게 웃었다.

"하이베른가의 식탁은 생각보다 매우 훌륭합니다. 북부라고 해서 무조건 거친 음식들만 먹는 건 아니지요."

"화, 황송합니다. 대공자님!"

이어 루인이 집사 아길레를 불러 남부 귀족들에게 귀빈실을 내주었다.

그 와중에도 루인은 치밀함을 드러냈다.

귀족의 지위와 왕실에서의 위계, 귀족 사회에서의 영향력, 가문의 규모에 따라 철저하게 차등을 두어 귀빈실을 배정한 것.

카젠은 그런 루인의 일 처리가 놀라웠다.

귀족들은 자존감의 동물.

자신보다 못하다고 생각하는 이가 더 좋은 대접을 받는 것을 결코 참을 수 없는 종자들이었다.

애초에 잡음 따윈 허락하지 않겠다는, 한 치의 군더더기도 없는 루인의 일 처리에 카젠은 진심으로 탄복하고 있었다.

"왜 저들을 보낸 거야?"

소에느는 그런 루인의 행동을 이해할 수 없었다.

심리적으로 완전히 흔들린 자들이었다.

생각할 기회를 주지 않고 지금 이 자리에서 협상의 우위를 계속 가져간다면 분명 얻을 수 있는 것이 더 많았을 터.

그러나 루인의 생각은 달랐다.

"고모는 내 마장기들을 보면서 무슨 생각을 했지?"

"다행이라는……."

대답하다가 말을 삼키고 마는 소에느.

어째서 루인이 마장기를 소유하고 있는가에 대한 근원적인 물음보단 먼저 소름이 돋았던 것.

만약 자신을 따랐던 일파와 봉신가들이 끝까지 굴복하지 않고 저항했다면 어떻게 되었을까?

파멸(破滅).

저 마장기들에 의해 철저하게 파괴되었을 자신의 영지를 생각하니 즉각적으로 안도하는 마음이 일어났던 것이다.

"그래 고모. 그게 인간이야. 저런 상태로는 나와 합리적인 대화를 나눌 수가 없지. 그냥 지금 이 순간이 두렵거든."

"……."

피식.

"난 그런 인간의 공포를 이용해 협상의 우위를 차지할 마음은 없어. 무엇보다 그런 굴종은 오래가지 않지."

"끼야아아아아아!"

이번엔 다프네가 폭주했다.

쏴아아아아아―

무심한 눈으로 마력 칼날을 쏘아 내던 루인이 예의 마력핵을 회수했다.

다프네에게 새로운 마장기를 꺼내 주고 돌아온 루인에게

카젠이 물었다.

"도대체 마장기가 몇 개나 있는 것이냐?"

"확실히 구동되는 건 20기입니다. 완성하지 못한 것도 몇 개 더 있습니다."

"20기?"

일개 개인이 소유한 마장기가 무려 알칸 제국이 운용하는 규모와 맞먹는다고?

더욱 멍해진 표정의 소에느.

"말도 안 돼……."

루인이 그런 소에느를 바라보며 피식 웃었다.

"하지만 가문에 마법사가 나밖에 없으니 그저 빛 좋은 개살구지."

마장기를 운용하려면 현자나 고위 마도학자급의 마법사가 필요하다.

그런 마법사들이라면 죄다 왕궁에서 지내고 있는 것이다.

아니 애초에 르마델에는 마도사라 불릴 만한 마법사가 몇 명 없었다.

알칸 제국이 마장기 군단을 운용하는 것은 마도사급 마법사가 그만큼 많다는 뜻이었다.

욕망의 화신이었던 소에느답게, 그녀의 눈빛은 어느새 탐욕으로 타오르고 있었다.

"수단과 방법을 가리지 않고 마법사들을 초빙해 오겠어!"

마장기 20기를 운용하는 하이베른가라니!

상상만으로도 가슴이 두근거리는 소에느.

"안 돼. 뭘 믿고."

마법사의 마도(魔道)는 기사도만큼이나 고고하다.

그런 자들을 한 가문에 귀속시키는 일은 생각보다 쉬운 일이 아니었다.

물론 마장기처럼 위험한 마도 병기를 함부로 외부의 인물에게 맡기는 것 또한 위험 부담이 컸다.

"뭔 소리야? 어브렐가라면 믿을 수 있잖아?"

"……."

루인도 생각해 보지 않은 것은 아니었다.

어쨌든 새로운 봉신가로 결속된 가문이니 아예 외부의 인재들보단 나을 테니까.

하지만 어브렐가를 본격적으로 끌어들인다는 건 결국 자신의 비밀을 어느 정도 그들과 공유해야 한다는 뜻.

아직은 어브렐가가 그 정도로 가깝게 느껴지진 않았다.

카젠 역시 그런 루인의 생각과 비슷한 반응을 보였다.

"그들과는 더 신뢰가 쌓여야 한다. 쉽게 맹약을 저버리진 않겠지만 그들의 본심을 아직은 모르지 않느냐."

"제법 잘 따르고 있잖아요? 용병대들도 아직은 우리 명령에 잘 따라 주는 편이고."

"부족하다."

봉신가와의 신뢰 관계는 세월로 증명되는 법.

섣불리 함께 일을 도모했다가 배신이라도 하는 날엔 세상의 수모란 수모는 모두 감당해 내야 할 것이다.

하는 수 없이 소에느는 입술을 삐죽이다 마정 더미들을 향해 시선을 옮겼다.

"저 마정들은 얼마나 더 있어?"

"무한이라 생각하면 편해."

"무한?"

마계의 마정이 특이한 것은 내버려 두면 증식한다는 점이었다.

특히 같은 자리에 마정을 모아 두면 시너지를 일으키는데, 지금도 처음보단 확실히 눈에 띄게 불어난 상태였다.

소에느의 조심스러운 질문이 이어졌다.

"……가문에 내어 줄 거야?"

저 마정들은 엄연히 루인의 소유.

아무리 그가 하이베른가의 대공자라지만 개인 소유의 물건이지 하이베른가의 것이라 할 수는 없는 것이다.

"파네옴 광산을 마정 광산이라 선포한 것은 다름 아닌 나야. 실제로 시장에 저 마정들을 모두 풀 거고."

"왜……?"

보물은 독점해야 그 가치가 상승하는 법.

저 많은 양을 한꺼번에 시장에 풀어 버린다면 희귀성이

떨어져 가격이 폭락할 것은 불 보듯 뻔한 일이었다.

"강해져야 하거든."

인간의 문명은 지금 단계에서 몇 번은 더 도약해야 한다.

미래에는 결국 무용지물이 될 마장기라도 당분간은 압도적인 수로 악제를 압박할 필요성이 있는 것이다.

"보웬 공은 어떻게 지내고 있지?"

"이제는 어느 정도 구금을 받아들인 모양이야. 언젠가부터 석방을 위해 기를 쓰고 노력하지 않더라고."

표정을 굳히던 루인이 이내 소에느를 다시 응시했다.

"이제 풀어 줘. 그를 잘 이용해 봐. 다리오네가는 북부 상권을 절반 이상 거머쥐고 있던 가문이야. 다리오네가의 유통망을 활용한다면 보다 쉽게 마정을 처분할 수 있을 거야."

카젠이 우려를 표시했다.

"정말 저 마정들을 한꺼번에 풀 생각이냐?"

"네."

마정의 급격한 공급.

세계에 충격과 공포를 선사할 루인의 계획은 이제 첫 시작이었다.

이제는 대공자의 정원이 된 유폐지를 묵묵히 바라보고 있는 루인.

어지럽게 자란 수풀과 화초로 가득했던 호숫가가 깔끔하게 정리되어 있었다.

자신의 과거와 미래가 얽혀 있는 소중한 보금자리.

루인은 진실로 감회가 새로웠다.

"......"

호숫가에 앉았다.

그리고 테아마라스의 유적에 대해 떠올렸다.

마법사의 레어(Lair).

악제와의 전쟁이 없었더라면 루인도 한때 그런 걸 만들 생각이 있었다.

대마도사의 모든 지혜와 체계를 정리하여 세상에 남기고 싶은 욕망.

마법사라면 누구나 꿈꾸는 최후일 것이다.

한데 테아마라스, 아니 악제는 대체 왜 그랬을까?

유물 추적자들을 막기 위해 가디언으로 보호하거나 마법 트랩, 마도 공학으로 레어를 보호하려는 행위는 이해할 수 있었다.

한데 각국의 기사단조차 무력화시킬 정도로 극한의 방비를 해 둔 의미는 무엇일까?

자신의 지혜를 후대에 남기고자 하는, 그런 레어의 기본적인 역할에 충실했다면 그 정도로 위험한 방비까진 필요하지 않을 터.

미심쩍었다.

분명 자신이 파악하지 못한 뭔가가 숨어 있는데, 그 이유가 짐작되지 않으니 가슴이 끝없이 답답해지는 기분이었다.

가장 단순한 예상은 함정이라는 것이었다.

욕망을 탐하는 인간의 습성을 이용해, 끊임없이 유적으로 유인하고 그런 인간들의 힘을 소모시키려는 의도.

하지만 앞뒤가 맞지 않았다.

테아마라스의 유적이 처음 세상에 드러났을 때, 분명 각국의 왕실은 어떤 희생을 각오하고서라도 유적을 탐험했을 터.

그런 인간의 치밀한 탐욕을 생각한다면, 유적의 구조 하나하나, 가디언들의 속성, 트랩의 위치까지 모조리 밝혀져야 정상이었다.

알려진 것처럼, 그런 노력에도 아무것도 밝혀내지 못했다면 생도들의 견학을 방치하는 것 또한 이해하기 힘든 일.

아무리 생각해 봐도 도대체가 앞뒤가 연결되는 것이 하나도 없었다.

또 하나의 가능성은 테아마라스의 유적이 가짜라는 것이었다.

하지만 이 가정에도 논리적인 허점은 많았다.

누군가가 테아마라스의 유적을 거짓으로 창조했다면 기만의 목적이 있어야 하는데 그 목적 역시 희미한 것.

음모라는 것은 이익을 도출해 내기 위한 수단이고 또한 대상이 있게 마련인데 그런 것들이 존재하지 않는 것이다.

무엇보다 가장 혼란스러운 건 자신의 전생에서는 테아마라스의 유적이라는 존재조차 몰랐다는 것.

이건 마치 어떤 알 수 없는 미지가 세상에 덩그러니 존재하는 기분이었다.

다른 모든 일들은 자신의 예측과 계획 속에 있었으나 오로지 테아마라스의 유적만큼은 갈피를 잡을 수 없었다.

불안했다.

악제에게 행적을 노출시키지 않기 위해 은밀히 유적을 탐험하겠다는 자신의 판단은 과연 옳은 것일까?

만약 감당할 수 없는 수준의 위험이 도사리고 있다면?

그럼 모든 게 끝장이다.

세계의 멸망을 막기 위해 돌아온 자신의 운명도, 자신만 믿고 따라온 동료들의 운명도.

그때, 누군가가 다가와 루인의 곁에 함께 앉았다. 월켄이었다.

조금 놀라는 루인.

"……강해졌군."

월켄은 자신이 드리우고 있는 마력권에 감지되지 않았다.

쟈이로벨이 수면 상태가 아니었다면 그의 영혼이 접근하고 있다는 것을 알아챘겠지만 어차피 그건 마신의 힘.

"멀었다. 너에 비하면."

월켄이 돌을 던지자 호수에 잔잔한 파문이 일어났다.

이번에도 녀석은 자신에게 아무런 질문을 하지 않고 있었다.

"아버지와는 잘 지내는 것 같더군."

"그는 위대한 기사다."

월켄의 두 눈에는 존경의 빛이 가득했다.

단순히 아버지의 강한 검술을 존경하는 건 아닌 듯했다.

아마도 녀석이 본 아버지의 단면은 기사의 자아(自我).

스승에게 배우지 못한 많은 것들을 아버지에게서 느끼고 있을 것이다.

"놀랍군. 네가 그런 눈도 할 수 있다니."

"내 눈이 어때서?"

"두려움."

공포.

악제를 상대하던 모든 이들이 매일매일 겪던 감정.

지금의 월켄이 그런 절망을 이해하지 못하는 것이 욱하고 치미는 감정을 자아냈다.

월켄의 고개가 기이한 각도로 비틀린다.

"왜 그렇게 보는 거지?"

"아. 왠지 짜증이 나서."

지금의 월켄이 악제의 실체를 모른다는 것에 안도하면서도 한편으로는 조금 분했다.

과거의 녀석이었다면 그저 어깨를 툭 치며 웃었을 것이다.

웃음으로 절망을 감추던 건 당시의 모두가 마찬가지였으니까.

한데.

툭-

"웃어라. 너답지 않아."

루인이 자신의 어깨를 멍하니 바라보고 있었다.

말할 수 없이 미묘한 느낌.

그 아련한 감정에 하마터면 루인은 그 옛날의 검성으로 착각할 뻔했다.

피식.

"애송이 주제에."

인류를 지키는 검, 위대한 검성.

그런 영웅을 흉내 내기엔 아직 녀석은 풋내기에 불과했다.

루인의 실소를 바라보며 월켄이 덩달아 마주 웃었다.

"웃으니 훨씬 낫군."

월켄은 제법 성장한 듯 보였다.

단순히 경지의 강함을 말하는 것이 아니라 자아 자체가 좀 더 성숙된 느낌이었다. 과거의 검성으로 착각될 정도로.

"옛날에도 이렇게 홀로 견디는 걸 좋아했나?"

"……."

대마도사 루인, 흑암의 공포가 지닌 장점이자 단점.

시련을 나누지 않고 홀로 감당하려 드는 자신의 심성을,

113

그 옛날의 검성도 항상 못마땅하게 생각했었다.

"스승님이 그러더군. 속이 썩어 버린 벙어리보단 쉴 새 없이 떠드는 주정뱅이가 살기는 더 편하다고."

사람 좋게 웃는 월켄.

"나는 언제나 들을 준비가 되어 있다."

결국 루인은 눈시울이 붉어지고 말았다.

과거의 검성, 그 아련한 잔재에 갇혀 있던 대마도사의 마음이 일시에 허물어진다.

변한 것은 낡고 풍화되어 버린 대마도사의 마음일 뿐 검성은 하나도 변하지 않았다.

과거의 그나 지금의 그나 늘 그 자리에서 있는 같은 검성일 뿐.

마치 루인은 오늘의 감정을 깨닫기 위해 수만 년을 되돌아온 기분이었다.

한결 편해진 마음으로 테아마라스의 유적에 관한 일들을 늘어놓는 루인.

묵묵히 듣고 있던 월켄이 황당하다는 표정을 지어 보였다.

"넌 정말 바보로군. 넌 주위에 사람이 없나?"

월켄은 정말 당황스러웠다.

소름 끼치도록 치밀하고 철저한 대마도사의 단면을 꽤나 경험했기에, 이 모든 걸 홀로 감당하려는 루인이 이해가 되지 않는 것이다.

순간 맹렬해진 월켄의 눈빛.

"이제야 알 것 같군. 네 마음은 병들었다."

"병……?"

"그래. 병. 트라우마. 어떤 희생도 용납하지 않겠다는 네 집착."

"……."

반쯤은 맞는 말.

테아마라스의 유적에 미지의 위험이 도사리고 있다면 희생을 최소화하고 싶은 것이 자신의 솔직한 심정이었다.

"네 말대로 악제가 그렇게 대단한 존재라면, 과연 한 치의 죽음도 용납하지 않겠다는 그 마음으로 끝까지 견뎌 낼 수 있을까?"

역시 이번 생에서도 검성의 잔소리는 듣기 싫었다.

"루인. 그건 불가능한 이야기다. 동료들의 죽음을 밟고 나아가야 하는 건 이번에도 마찬가지야."

헛소리.

녀석은 기만자다.

마지막 전투.

동료들이 모두 죽어 나갔을 때, 대마도사보다 더 쉽게 무너졌던 건 바로 저 검성이었다.

"마법사는 그 어떤 상황에서도 철저한 실리를 따진다고 들었다. 이번에도 다르지 않아. 활용할 수 있는 주변의 모든 것을 이용해라."

피식 웃어 버린 루인.

"널 이용해도 상관없다는 뜻인가?"

"유적에서 살아 돌아오지 못한다고 해도 널 원망하지 않겠다."

"데려가겠다고 말한 적은 없다."

"아니. 방금 당사자인 내가 결정했다."

"……."

하아.

마음 같아선 과거에 있었던 일들을 모두 말해 주고 싶다.

남겨진 녀석이 얼마나 지옥 속에 살았는지, 얼마나 피폐해진 마음으로 과거를 후회했었는지 모두 이야기해 주고 싶다.

루인은 단호하게 고개를 저었다.

"대마도사는 사라져도 된다. 그러나 검성이 없는 세계는 결코 멸망을 막지 못한다."

"미친놈."

"나는 결코 구심점이 될 수 없으니까."

"이제 보니 바보가 아니라 그냥 머저리였군."

"농담할 기분이 아니다. 월켄."

한껏 심각해진 월켄의 어조.

"잘 들어. 이미 넌 이 하이베른가의 구심점이다. 그건 아카데미에서도 마찬가지였고 이제는 저 귀족들의 구심점이 되어 가고 있다."

"……."

"네 과거 속의 내가, 너보다 더한 영웅이었는지는 몰라도 지금은 결코 아니라는 뜻이지."

그가 말하는 것들이 진실임을 모르지 않았다.

하지만 인정하기는 싫었다.

인정한다면 마치 눈앞의 월켄을 잃을 것만 같은 심정이었으니까.

"넌 과거와는 완벽히 다른 존재다. 세계의 멸망을 경험한 유일한 자다."

"그만."

"아니. 들어라 루인."

그 옛날과 판에 박은 듯이 똑같은 녀석의 행동에 루인은 당황스러웠다.

"지금의 너는 어딜 가든 구심점이 될 것이다. 세계의 멸망을 준비하는 자는 오직 너 하나다."

마법사의 마도를 가르치는 모든 학파의 서두에서 항상 언급되는 그 말.

마법은 '준비하는 자'의 권능.

다른 모든 검성의 말은 마음에 들지 않았지만 오직 그 하나만큼은 듣기에 좋았다.

"과거의 나…… 아니 검성의 그늘에서 벗어나라. 루인."

순간 루인의 표정이 괴상하게 변했다.

자신의 그늘을 벗어나라는 말을 저렇게 태연하게 할 수 있다니.

정말이지 놀랍도록 그 얼굴이 뻔뻔하다.

"지금 묘하게 잘난 척을 하고 있는 것 같은데?"

"아? 그렇게 들렸나?"

그때, 저 멀리 연무장에서 마장기 하나가 기우뚱 기울어 가고 있었다.

-으아아아아악!

쿠우우우웅!

답이 없다는 듯, 얼굴을 감싸 쥐는 루인.

"젠장……."

저 시론이 해 먹은 마장기가 벌써 4기.

자신이 없을 때 함부로 마장기를 운용하는 건 극도로 위험했다.

그렇게 신신당부를 했었는데 그새를 못 참고 또 사고를 친 것이다.

"저 녀석들의 구심점 역시 너다."

"알았다. 알았으니까 그만해."

"네게 매료된 건 나 역시 마찬가지다."

"……."

결국 루인은 두 손 두 발 다 들고 말았다.

"대체 누굴 더 데려가야 한단 말이지? 왕실이나 마탑의 지원은 안 돼. 그건 다른 문제다. 놈의 이목을 끌 순 없어."

곰곰이 생각하던 월켄이 이내 희게 웃었다.

"저번에 만난 그 노인네는 어때?"

"노인네?"

월켄이 말한 자가 누구인지를 금방 깨달은 루인이 정신이 번쩍 들 정도로 크게 놀랐다.

"……소드 힐?"

왕국의 수호자 집단 소드 힐.

그리고 현재 브홀렌으로 유희하고 있는 비셰울리스.

"그래. 그 노인은 분명 아득한 초인이었다. 그것도 꽤 상위 경지로 느껴졌어. 그런 분의 협력만 이끌어 낼 수 있다면……."

"역시 검성이다! 넌 역시 천재다!"

웬만한 기사단 전력과는 비교가 무의미한 르마델의 수호자 집단.

게다가 소드 힐의 노인과 드래곤 비셰울리스라면 누구보다 든든하다.

특히 평생을 레어를 구축하고 지키는 일에 집착하는 드래곤 종족의 특성상, 이번 탐험에 큰 도움이 될 것이 확실했다.

"내가 천재가 아니라 네가 바보인 것이다."

루인이 자리를 털고 일어난 윌켄을 멍하니 쳐다보고 있었
다.

루인은 정말 자신이 바보일지도 모른다고 생각했다.

◆ ◈ ◆

루인은 소드 힐의 노인을 만날 방법이 선뜻 떠오르지 않았다.

시간이 많다면야 여러 방법들이 있겠지만 생도들이 마장기
를 다루는 것에 익숙해지면 곧장 테아마라스의 유적으로 떠나
야만 하는 상황.

또한 생도들이 언제 마력 폭주를 일으킬지 모르는 상황에
서 함부로 가문을 비우는 것도 힘들었다.

-개운하군.

오랜만에 들려온 쟈이로벨의 영언.

정말 늘어지게 잔 듯 꽤 기분이 좋아 보인다.

벌레왕 아므카토가 황급히 반응했다.

-ΙЄЗ ςςʒоуӂ ӝϝϝƂоуѷ!

즉각적으로 튀어나온 경배.

공용어로 해석하자면 '기침하셨습니까! 존귀한 군주이시여!' 정도가 되겠다.

이제는 혈우 지대의 권속이나 마찬가지였으니 쟈이로벨을 자신의 군주로 대하고 있는 것.

루인이 무시하고 상념을 이어 나가자 쟈이로벨의 예의 뻬딱한 영언이 다시 들려왔다.

-아는 척도 안 하는 것이냐?

"비밀을 꽁꽁 감싸고 있는 놈이 누군데."

루인은 아직도 마음이 풀리지가 않았다.

성녀와 있었던 일을 끝까지 비밀에 부치는 쟈이로벨의 행동은 배신감을 느끼기에 충분한 것.

-조급하게 굴지 마라. 어차피 조금만 지나면 모두 알게 될 일이다.

"어차피 알게 될 일? 그럼 미리 말해 주는 게 더 쉽지 않나?"

-본 마신으로서도 어쩔 수 없는 일이다. 인간계에 있는 이상, 나 역시 맹약에 묶이는 몸이니.

"……맹약?"

아르디아나를 만난 일에 맹약을 운운한다고?

쟈이로벨이 맹약을 언급한다는 건 존재들의 입김이 닿아 있는 사건이라는 뜻.

루인은 쉽게 이해되지 않았다.

그들은 악제에 의해 고통받는 인간들을 끝까지 외면했던 신들.

한데 아르디아나가 그들과 관련 있다니?

순간 루인의 얼굴이 창백해진다.

"설마 렌시아가에 존재의 '현신'이 있었나?"

긍정도 부정도 하지 않으며 계속 침묵을 유지하는 쟈이로벨.

그러나 만 년 이상 쟈이로벨과 함께 지낸 루인은 그의 침묵에 담긴 의미를 곧장 읽어 낼 수 있었다.

"음……."

지금 시점에서 존재들이 인간의 일에 얽혀 있다는 사실은 그야말로 엄청난 정보.

"그들이 인간들의 일에 관심이 있었다니 의외로군."

어떤 말을 해도 일체의 반응을 하지 않는 쟈이로벨이었다.

쟈이로벨이 이 정도로 조심할 정도라면 이번 일에 상당한 격(格)을 지닌 존재가 얽혀 있음이 틀림없었다.

일단은 이런 사실을 알아낸 것만으로도 큰 수확.

"더 이상 대화해 봤자 네게서 나올 대답은 없겠군."

-이해해라.

다시 소드 힐의 노인을 만나는 방법을 고민하기 시작하는 루인.

-뭘 그리도 고민하는 것이냐?

루인이 앞으로의 계획을 간단하게 밝히자 쟈이로벨은 잠시 침묵했다.

-감이 없어졌군. 간단하게 해결될 일을 이리도 고민하고 있다니.

"방법이 있다는 거냐?"

-멍청한. 네놈이 벌였던 강마 의식에 즉각적으로 반응하던 인간이다. 그 인간이 수호자 집단에 속해 있다면 이 북부 일대를 관장하는 파수꾼일 확률이 높지.

"그래서? 지금 나더러 뭐 강림 의식을 한 번 더 하라는 소리냐?"

소환자의 생명력을 절반이나 앗아 가는 강마(降魔)의 진.

융합 마력을 완성하지 못했을 때 혈주투계를 무리하게 운용해 왔던 것을 생각하면 30살까지도 버틸까 싶은 상황이었다.

그 전까지 과거의 경지를 되찾지 못한다면 평범한 인간의 절반도 살지 못하고 죽게 되는 것이다.

고작 소드 힐의 노인을 부르기 위해서 그런 자살행위나 다름없는 짓을 할 순 없었다.

-안 본 사이에 왜 이렇게 멍청해진 것이냐? 강마의 진에 인간의 생명력이 소모되는 건 애초에 진마력을 대체하기 위한 수단. 가짜에 불과한 네놈의 융합 마력은 소용없겠지만 이 마신의 진마력이라면 충분히 가능한 의식이다.

본인이 직접 강마의 진을 소환하겠다는 쟈이로벨.

그제야 루인은 녀석의 본심을 읽어 냈다.

이 빌어먹을 놈이 이 와중에도 강마의 진에 담긴 대악신 발카시어리어스의 지혜를 탐하고 있는 것이다.

예의 사악하게 웃는 루인.

"그래서? 강림한 발카시어리어스를 감당할 자신은 있고?"

마신들의 지배력 따위는 단숨에 무력화시킬 수 있는 초현실적인 마계의 신격.

그런 발카시어리어스는 혈우 지대 따윈 권능 한 방으로 소멸시킬 수 있는 절대적인 악신이었다.

　자칫 그의 비위를 거슬렀다간 끔찍한 재앙을 맞이할 수도 있는 일.

　-흥! 상의드릴 일이 있다!

　피식.

　"놈은 마신들의 분쟁에 관심이 없을 텐데? 생각 잘해. 너 그러다 혈우 지대가 통째로 날아가는 수가 있다."

　-어차피 절반이나 므드라 놈에게 빼앗긴 상황이다. 더 나빠질 것도 없다.

　그렇지 않아도 여러 가지로 혼란스러운 상황인데 쟈이로벨까지 성가시게 굴어 대니 짜증이 치밀었다.

　루인이 의식을 닫기 위해 이미지에 빠져들자 이내 다급한 쟈이로벨의 영언이 이어졌다.

　-내 마법부터 헬라게아까지! 이 쟈이로벨의 모든 것을 가져가 놓고 정작 네놈의 것은 왜 하나도 나누려고 하지 않는 것이냐!

순간, 루인의 눈빛이 시리도록 투명해졌다.

"넌 알 수 없겠지. 지쳐 병들어 가는 나를 네가 어떤 식으로 유혹하고 길들여 왔는지를."

루인이 쟈이로벨에게 마음을 연 것은 악제와의 전쟁이 막바지에 이르러서였다.

그 전까지는 결코 좋은 관계라 할 수 없었다.

한때 악제보다 더 증오했던 대상.

"과거를 알지 못하는 네놈에겐 안된 일이겠지만 불행히도 난 너의 모든 것들을 기억한다. 마음 같아선…… 됐다. 그만하지."

루인의 광대한 영혼이 순간적으로 사나워졌다가 이내 잠잠해졌다.

느껴지는 것은 분명 거대한 증오.

자신을 향한 애증의 단면을 읽은 쟈이로벨은 결국 침묵할 수밖에 없었다.

뻔하다.

대가 없는 마신의 권능은 존재하지 않는 법.

루인이 자신과 계약했다면 늘 그랬듯 여느 재물처럼 다뤄졌을 터였다.

증오를 부추기고 영혼을 타락시키며 생명력을 탐닉하는 그 과정은 나약한 인간으로서는 감당하기 버거운 일.

그런 살벌한 분위기가 견디기 힘들었는지, 아므카토가 벌레들이 보내오는 정보를 설명하며 쉴 새 없이 조잘거렸다.

그때.

ㅊㅊㅊㅊㅊㅊ.

루인의 정수리 부근에서 보랏빛 귀화가 흘러나온다.

흉측하고 괴기스러운 마신의 강림체가 스스로 현신한 것.

한 차례 루인을 바라보던 샤이로벨이 서서히 진마력을 끌어올리기 시작했다.

"뭐 하는 거지?"

〈어차피 그 수호자 인간 놈이 느낀 건 강마의 진에서 흘러나오는 힘이 아니라 발카시어리어스 님의 존재감이지 않느냐.〉

샤이로벨의 의도를 읽어 낸 루인이 곧장 얼굴을 찌푸렸다.

"지금 대악신의 존재감을 흉내 내 보겠다는 거야?"

〈진마력의 소모가 막심하겠지만 불가능한 일은 아니다.〉

피식 웃음이 터져 버린 루인.

꽤 미안한 모양이다.

비록 순간이라고 해도 우주적인 신격을 흉내 내는 일은 심각한 후유증을 동반하는 일이었다.

"됐다. 고작 이 정도 일에 네 진마력을 소비하고 싶진 않아."

그러나 쟈이로벨은 말없이 진마력을 극한으로 끌어올렸다.

순식간에 주변의 공기가 뜨겁게 타오르며 가공할 열기가 사방으로 뻗어 나갔다.

촤아아아아-

별장 앞 호수가 순식간에 기화되며 바닥을 드러냈다.

쟈이로벨의 주변이 용암으로 들끓는다.

모래나 자갈 따위가 모조리 융해된 것이다.

비록 강림체였으나 극한으로 발휘된 혈우의 권능은 가공 그 자체였다.

-이, 이것이 혈우의 권능……!

비명 섞인 아므카토의 외침.

혈우 지대의 군주, 쟈이로벨의 권능을 직접 보는 건 이번이 처음이었다.

강림체로 구현한 권능이 이 정도라면 마계의 본체로 발휘되는 권능은 어느 정도일지 감히 상상조차 되지 않았다.

극한까지 구현된 마신의 존재감.

그 가공할 권능이 사자성을 넘어 몽델리아 산맥까지 뻗어 나갔을 때.

결국 쟈이로벨은 모든 진마력을 소진하고 루인의 영혼으

로 되돌아갔다.

곧장 기겁한 표정의 카젠과 월켄, 몇몇 고위 기사들이 대공자의 별장으로 달려왔다.

"대체 무슨 일이냐!"

"루인!"

"대공자님!"

끔찍한 것이라도 본 것마냥 아직도 전율하고 있는 카젠을 바라보며 루인이 아무렇지도 않게 손사래를 쳤다.

"별일 아닙니다."

"뭐……?"

살면서 이런 거대한 존재감을 경험한 적이 없는 카젠으로서는 황당하기 짝이 없는 말.

마치 신이 강림한 것만 같은 느낌이 들었을 정도였는데 아무런 일도 아니라고?

"정말 별일이 아닙니다. 보세요. 제가 무사하지 않습니까?"

"허……."

월켄이 별장의 이곳저곳을 살핀다.

"아무 일도 아닌 것치고는 주변이 너무 참혹하군."

호수의 수차를 받치고 있던 거대한 암석이 통째로 녹아 흘러내려 위태롭게 흔들렸다.

아직도 별장의 바깥쪽은 부글부글 끓고 있는 용암으로 뒤덮여 있는 상태.

기화된 호수 물 역시 별장 전체를 뜨거운 안개로 뒤덮고 있었다.

"네 마법인가?"

"……그런 셈이지."

뭔가 숨기는 것이 있다는 것을 충분히 짐작할 수 있는 상황. 하지만 윌켄은 굳이 묻지 않았다.

"너도 사람이군. 이 정도로 제어할 수 없다면 실전에서는 무용지물이겠지."

카젠이 다시 반응했다.

"정말 그 존재감이 너였단 말이냐?"

"그렇게 됐습니다."

사고를 치고 숨어 버린 쟈이로벨에게는 화가 났지만 결과만 놓고 보면 훌륭했다.

식은땀이 절로 흐를 정도로, 순간이나마 재앙에 가까운 대악신의 존재감을 정말로 흉내 낸 것이다.

"네가 아무런 연유도 없이 이런 짓을 벌이진 않을 터. 이유라도 알려 주지 않겠느냐?"

소드 힐의 노인을 부르는 일은 숨길 수가 없었다.

쟈이로벨의 존재감에 경악했다면 어차피 이곳으로 득달같이 달려올 테니까.

루인의 간단한 설명을 들은 후 더욱 황당한 표정으로 굳어 버린 카젠.

"그러니까 네 말은…… 그 소드 힐의 은퇴자들을 자극하기 위해서 고의로 존재감을 드러냈다는 뜻이냐?"

"접촉하고 싶은데 달리 방법이 없었습니다."

"그 무슨 황당한……!"

마법사의 권능을 무슨 신호탄처럼 활용했다고?

자신의 별장을 이 지경까지 만들어 가며?

대공자에게 이런 무모한 면이 있는 줄은 몰랐는지, 카젠은 당황스러운 속내를 고스란히 얼굴에 드러내고 있었다.

애써 냉정을 되찾는 카젠.

"대공자라 할지라도 함부로 가문의 재산과 기물을 파손한다면 엄격한 가율을 피할 수는 없다."

"처분에 따르겠습니다."

"사흘간의 근신을 명한다."

그야말로 솜방망이 같은 처벌에, 함께 도착한 하이베른가의 친위 기사 유카인이 인상을 찌푸렸다.

"처벌을 안 하느니만 못한 것 같습니다만."

"시끄럽다! 유카인!"

그로부터 사흘 후.

펄럭펄럭.

거대한 무언가가 활강하는 소음에, 대공자의 별장을 복구하고 있던 이들이 동시에 하늘을 쳐다본다.

사자성 전체가 어둑해진다.

그것은 하늘을 까맣게 뒤덮고 있는 괴생명체의 거대한 양 날개였다.

새하얗고 미끈한 동체.

거대한 괴생명체가 서서히 고도를 낮추자.

내리쬐는 햇빛에 의해 은하와 같은 은백색의 비늘들이 사방으로 어지럽게 반짝였다.

극도로 아름다우며 압도적인 지상 최강의 생명체.

고고하게 사자성을 굽어보던 거대한 백룡(白龍)이 고아하게 착지하며 날개를 접는다.

철컹.

삽자루를 떨어뜨리는 데인.

"……비, 비세리스마?"

하이베른가의 전설 속에 내려오는 수호룡의 모습과 너무나 흡사한 모습.

한데.

〈하이베른가의 대공자, 지금 그 새끼는 어디에 있느냐?〉

고아한 백룡의 입에서 처음으로 터진 창룡음(蒼龍音)은 놀랍게도 걸쭉한 욕설이었다.

Chapter, 54

최초의 사자왕 사홀과 평생토록 우정을 나눴던 반려, 비셰리스마.

하이베른가의 구성원이라면 그런 백룡의 전설을 모를 리가 없었다.

갑작스레 하이베른가에 나타난 백룡은 그들이 역사에서 배운 비셰리스마와 한 치의 다름도 없는 아름다운 자태였다.

고귀한 아름다움을 품고 있는 거대한 드래곤의 동체.

수천수만 개의 백린(白鱗)이, 강렬한 햇살 아래 반짝이는 그 광경은 그야말로 태초의 경이를 자아내고 있었다.

이내 가주 카젠과 그의 휘하 기사들이 나타났다.

하이베른의 전설적인 백룡이 나타난 판국이라 모든 혈족들이 한달음에 달려 나오고 있는 것이다.

방계와 봉신가의 기사들, 사자성의 수비대까지 한결같이 경외 어린 표정으로 대공자의 별장으로 모인 상황.

그때 지진이 난 것처럼 땅이 울렸다.

쿠쿠쿠쿵!

〈그 시건방진 대공자 놈은 왜 나타나지 않는 것이냐!〉

새롭게 대공자의 별장에 세운 주춧돌이 와르르 무너지는 것보다, 귓가에 울린 백룡의 첫마디 용언(龍言)이 카젠을 더 당황스럽게 만들었다.

이 하이베른의 사자성에서 대공자라 불릴 만한 사람은 단 하나밖에 없었기 때문.

'루인……?'

회귀의 사실, 초인 기사를 꺾은 마도, 알칸 제국에 비견되는 마장기들, 거기에 드래곤과의 인연도 있었단 말인가?

이제는 더 놀랄 것도 없다고 여겼건만 무슨 양파도 아니고 계속 아들의 엄청난 면모가 튀어나온다.

한데 문제는 저 미지의 백룡이 보여 주고 있는 태도가 호의적이지 않다는 것에 있었다.

"……위대하신 존재이시여. 저는 하이베른가를 경영하는

자, 카젠이라고 합니다."

극진한 예로 맞이하는 카젠.

한 국가의 존망마저 뒤흔들 수 있는 존재가 바로 드래곤이었다.

아무리 카젠이 대공가의 주인이었지만 그런 위대한 존재를 함부로 대할 순 없는 것.

〈꽤나 예의 바른 귀족 인간이로군. 한데 가정 교육은 왜 그따위냐?〉

"......"

루인이 또 무슨 짓을 저지른 거지?

사고는 허구한 날 녀석이 치는 것 같은 데 어쩐지 뒷수습은 모두 자신과 가문이 하고 있는 것 같았다.

카젠이 나직이 한숨을 쉬며 다시 입을 열었다.

"유년 시절 내내 아팠던 아이입니다. 세상의 예절을 배우는 시간이 부족했습니다."

한데 그때.

"어이가 없군. 센 척하길래 꽤 오래 산 고룡(古龍)인 줄 알았더니 이제 갓 에이션트에 들어선 애송이잖아?"

어느새 나타난 루인이 뒷짐을 진 채로 고아하게 백룡 비셰 울리스를 올려다보고 있었다.

에이션트 드래곤의 상징인 두갑(頭鉀)이 자라나고 있었으나 아직은 갈퀴에 불과한 모습에 실소를 머금고 있는 것이다.

화아아아악!

거대한 비셰울리스의 동체가 눈부신 빛살에 휩싸이더니 이내 고아한 노인으로 화했다.

마탑의 가장 드높은 층계에 매달려 있는 초상화의 주인, 대현자 '베리앙 다에송'으로 폴리모프한 것이다.

소드 힐과 더불어 르마델의 또 다른 수호 집단 옴니션스 세이지(Omniscience Sage)의 수호 마도사.

그것이 비셰울리스가 인간으로 유희하고 있는 가상의 인물이었다.

백룡 비셰울리스, 아니 대현자 베리앙이 루인을 진득하게 노려봤다.

"넌 제롬에게 '대존재'를 불러내지 않겠다고 약속했다 들었다."

"제롬……?"

처음 듣는 이름이었으나 보아하니 소드 힐의 노인이 지닌 본명인 모양.

"그만한 마도(魔道)를 이뤘다면 마도의 맹약을 중히 여기는 마법사일 터. 한데 이게 대체 무슨 짓이지?"

날렵한 눈매로 사자성의 이곳저곳을 훑고 있는 베리앙은 한눈에 봐도 경계하는 태가 역력했다.

피식.

"살펴봐도 대존재 같은 건 없다. 소환 따윈 하지도 않았으니까."

그런 루인의 대답에 베리앙은 어처구니없는 표정을 했다.

에이션트 드래곤을 바보로 취급해도 유분수지 설마하니 마왕급 이상의 마족이 지닌 존재감을 모른다고 생각하는 건가?

"그런데 왜 네가 왔지?"

그 말에 더욱 얼굴을 일그러뜨리는 베리앙.

자신의 방문을 예상이라도 한 듯한 루인의 태도에 묘한 기시감을 느낀 것이다.

"인간. 설마 우릴 꾀어내려고?"

"꾀어내다니 섭섭하게. 마땅한 연락 수단이 없었을 뿐이야."

분명 마왕, 아니 마신 이상의 존재감이었다.

파수꾼들이 먼저 확인했고 북부 전체를 울리던 광포한 힘의 본질을 자신 역시 분명하게 관찰했다.

루인의 말대로라면 그런 마계의 고위 존재를 고작 자신들과 연락하기 위해 수하처럼 부렸다는 뜻이지 않은가?

마계의 드높은 존재들은 드래곤보다도 더한 자존감으로 유명하다.

에이션트 드래곤이 지닌 상식과 지혜 체계로는 인과의 귀납(歸納)이 납득되지가 않는 것이다.

"인간! 설마 내가 마계를 모른다고 생각하는 건 아니겠지?"

"그만해라. 용."

하이베른가의 혈족들과 기사들이 구름처럼 몰려든 상황.

함부로 마계를 운운하는 베리앙이 못마땅했는지 루인이 미간을 찡그리고 있었다.

"너와는 이야기하고 싶지 않다. 소드 힐…… 아니 제롬은 어디에 있지?"

아무리 유희를 오래 했다고 해도 드래곤 특유의 사고 체계는 인간과는 확연히 달랐다.

매사에 고고한 자존감을 드러내는 드래곤은 상대하기가 까다롭기보다는 그냥 말을 섞기가 싫은 상대.

그때 카젠이 다가왔다.

"대공자는 언행과 몸가짐을 올곧게 하라."

엄정한 아버지의 표정에 금방 착잡해지는 루인.

드래곤이 까다로운 것은 특유의 고아한 자아도 있었으나 그것보단 인간들에게 자리 잡은 숭배의식이 더 큰 문제였다.

아직도 대륙의 곳곳에서 몇몇 고룡들은 살아 있는 신으로 추앙받고 있을 정도였다.

더욱이 이곳은 하이베른가.

베른가의 혈족들에게 백룡이란 초대 사자왕 사홀과 맞먹는 존재감으로 다가갈 터였다.

루인은 또 한 번 짜증이 치밀었다.

"에어라인에선 그렇게 신비롭게 굴더니 왜 여긴 본체로 찾아온 거지?"

"인간의 몸으로 위험한 전투 상황을 맞이하는 건 그야말로 바보 같은 선택이지."

순간 루인은 소름이 돋았다.

하마터면 쟈이로벨이 이 무식한 드래곤 놈과 사자성에서 싸울 뻔한 것.

그런 상황이 발생했다면 이 사자성이 초토화되고도 남음이었다.

"더욱이 이곳은 내게 특별한 장소다. 비셰리스마의 수호 가문이니 내게는 남도 아니다."

카젠의 동공이 급격하게 확장된다.

"혹 저희 가문의 수호룡과는 어떤 관계이신지……."

백룡은 극도로 희귀한 드래곤 일족.

어쩌면 눈앞의 드래곤이 하이베른가의 수호룡을 알 수도 있다고 생각했었는데 생각보다 그를 더욱 친근하게 부르고 있었다.

"너희 인간과 우리는 살아가는 방식이 다르니 설명하기가 조금 곤란하군. 굳이 너희 식으로 말하자면 형제다. 같은 분에게서 나고 자랐지."

마력으로 창조되는 드래곤은 혈연관계라는 개념이 희미했다. 가족보다는 동족의 개념이 조금 더 강한 것이다.

그래서 드래곤들은 자신을 창조해 준 존재를 어미룡보다
는 존경하는 고룡으로 인식한다.

금방 희열의 감정으로 얼룩지는 카젠의 표정.

"……비셰리스마 님은 살아 계십니까?"

불행하게도 그 답은 비셰울리스도 알지 못했다.

이 르마델 왕국에서 지내고 있는 근본적인 이유.

지고룡 카알라고스 님에게 받은 임무도 있었지만 일족의
뛰어난 드래곤이자 장차 백룡족을 이끌 후보인 비셰리스마
를 추적하기 위함이었다.

"모른다."

함께 자랐지만 비셰리스마는 다소 괴팍하고 특이한 성격
을 지닌 백룡이었다.

숨기로 작정했다면 신조차 찾을 수 없는 곳에 숨었을 터.

베리앙은 그런 비셰리스마가 죽었다고 믿지는 않았다.

"……."

베리앙의 좋지 않은 표정에서 카젠은 더 이상 희망을 이어
갈 수가 없었다.

가장 가까운 백룡 일족조차 생사를 모른다면 세상의 어떤
존재도 비셰리스마를 찾지 못할 것이다.

그러나 카젠은 곧이어 들려온 루인의 목소리에 석상처럼
굳어질 수밖에 없었다.

"그의 죽음을 모르고 있다니 의외로군."

"뭐라……?"

"바, 방금 뭐라고 했느냐?"

동시에 루인을 쳐다보는 베리앙과 카젠.

루인의 담담한 눈빛이 차분하게 허공을 훑고 있었다.

"베스키아와 비셰리스마는 이미 살해당한 지 오래다."

순간.

츠츠츠츠츠-

드래곤 특유의 독특한 마력 활성 파장, 용맥이 맥동한다.

용마력이라 불리는 이 힘은 인간과 드래곤을 구분 짓는 가장 명백한 증거.

루인이 자신의 주위에 드리워진 강력한 소음 차폐 공간을 물끄러미 바라보고 있었다.

"그 말에 책임을 져야 할 것이다, 인간."

감히 드래곤 일족의 죽음을 함부로 입에 담았다.

일족의 죽음이 인간들의 입에서 오르내리는 상황은 드래곤들이 가장 민감하고 불쾌하게 받아들이는 일.

"책임을 지고 말고 할 것도 없어. 일어난 사실이니까."

"알고 있는 걸 모두 말해라."

베리앙에게서 고고한 태도마저 사라졌다.

가득 짓쳐 오는 가공할 살기.

수만 년 동안 베나스 대륙을 지배해 온 절대적인 존재, 세계의 주시자(注視者)가 루인을 향해 진면목을 드러낸 것이다.

"타이탄족은 멸족하지 않았다."

뜬금없는 루인의 말에 베리앙의 얼굴이 더욱 일그러졌다.

존재들, 즉 신과 닿아 있다는 점에서 드래곤 일족과 묘한 경쟁 관계에 놓여 있는 타이탄족.

그런 타이탄족은 드래곤 일족과는 오랜 앙숙 관계였다.

"당연한 일이다. 일족 중에서 그들의 멸족을 믿는 자는 아무도 없다. 아무리 그래도 인간의 손에 멸족당할 종족은 아니지."

루인이 웃었다.

"그래서 놈들이 어디에 있는 줄은 파악하고 있고?"

그들이 어떤 몰락 과정을 겪었는지는 드래곤 일족들에게도 미스터리였다.

추측만 무성할 뿐 자세한 실체는 누구도 알지 못하는 것이다.

역사 속에서 혼혈 타이탄족이 몇 차례 등장했던 사실이 있었다.

이미 오래전에 인간 문명의 틈에 섞여 본래의 혈통을 잃어버린 존재들.

그 옛날 드래곤 일족들 중에서도 그런 자들이 있었다.

인간과 사랑하여 섞여 버린 자들.

본래의 권능을 잃고 오래전에 인간화되어 버린, 그 옛날 용족이라 불렸던 그들은 섭리를 저버린 추악한 존재들이었다.

타이탄족도 인간화되었다면 그런 퇴화한 용족 따위와 다

름없는 터.

베리앙의 얼굴에 수치심이 떠올랐다.

"하긴 어리석은 용족들의 전철을 밟고 있다면 그 자체로 이미 멸족이라 할 수 있겠군. 그래서? 그들이 비세리스마와 무슨 상관이지?"

뻗어 간 루인의 손이 아직 허공에 잔존하는 용마력을 움켜쥐었다.

"그들은 인간처럼 물과 음식을 섭취해서는 생명을 연장할 수 없다더군."

"뭐……?"

"타이탄족의 영생에 가까운 수명을 담보할 수 있는 가장 확실한 수단. 그게 바로 같은 신족(神族)의 피와 살이라던데."

베리앙의 동공이 급격하게 확장된다.

"설마…… 그 미개한 놈들이 비세리스마를 섭식했다는 뜻이냐?"

"믿을 수 있는 사람의 증언이 있었다."

"그게 누구냐!"

그 증언자는 바로 초대 사자왕 사흘.

하지만 루인은 굳이 그 사실을 말해 주고 싶진 않았다.

답답했는지 다시 베리앙이 소리친다.

"비세리스마를 섭식한 타이탄들은 지금 어딨느냐!"

"글쎄."

하이렌시아가의 혈족 틈에 숨어 있다고 예상되는 타이탄들은 표면적으로 활동하고 있지는 않았다.

그리고 루인에게 중요한 것은 따로 있었다.

과거, 멸망의 순간이 도래했을 때 타이탄족의 흔적은 존재하지 않았다.

머나먼 고대, 그들을 멸망으로 이끈 존재는 다름 아닌 테아마라스.

즉 그들 역시 악제의 적(敵)이라는 뜻이었다.

소드 힐과 같은 수호자 집단처럼, 타이탄족 역시 멸망의 때 이전에 악제에 의해 소탕되었을 확률이 높은 것이다.

"정말 알고 싶나?"

여전히 끈적한 눈빛을 빛내고 있는 베리앙.

"나와 던전 하나 탐험하자."

"던전……?"

베리앙의 두 눈에 당황함이 스쳤을 때 루인이 예의 사악하게 웃었다.

"비셰리스마를 죽인 타이탄은 그 후에 말해 주겠다. 용."

◆ ◈ ◆

-인간의 레어 따월 왜 내가 탐험해야 된단 말이냐?

-그 인간이 테아마라스다.

-흥. 검을 든 인간이라면 몰라도 인간의 마도 따윈 인정하지 않는다.

-호오……?

역시 마법의 조종(祖宗)이라는 드래곤답게, 루인의 요청을 철저하게 무시하던 베리앙.

비셰리스마를 추적하는 일보다 드래곤으로서의 자존감을 지키는 것이 더 중요하다는 듯한 태도의 그였다.

그런 그에게 루인은 간단한 제안을 하나 했다.

-인간의 마도(魔道)에 패배한다면 받아들일 수 있겠단 말이지?

-뭐라?

깜짝 놀라 달려온 생도들이 그런 루인의 목소리를 똑똑하게 듣고 말았다.

막돼먹은 루인이 감히 마법의 조종 드래곤을 향해 마도 대결을 신청해 버린 것.

-마장기를 믿고 까부는 것이냐?

-마장기를 꺼내 드는 순간 그건 마도 대결이 아니겠지. 지금 내 마도를 모독하려 드는 것인가?

-허……?

그래서 벌어진 지금의 상황.

사자성으로부터 약 5km 정도 떨어진 곳.

광활한 벤엘 분지의 중심에서 루인과 베리앙이 차가운 눈으로 대치하고 있었다.

"대체 대공자는 무슨 생각일까요?"

소에느의 질문에 카젠은 답을 할 수 없었다.

홀로 드래곤과 맞상대하려 했던 기사(Knight)는 많았다.

실제로 역사 속의 영웅들 중에서 공식적인 드래곤 슬레이어로 기록된 기사만 해도 셋이나 됐으니까.

하지만 드래곤과 순수한 마법 대결을 벌였던 마법사는 지금까지 존재하지 않았다.

드래곤의 용언 마법은 인간의 백마법 체계보다 수만 년은 앞서 있는 상위의 권능.

인류의 문명이 마장기를 탄생시킨 시점부터 비록 드래곤 일족의 영향력이 약해지긴 했지만, 그렇다고 그들의 용언 마법이 완전히 패배한 것은 아니었다.

'루인…….'

카젠은 혼란스러웠다.

녀석이 대전사로 나섰던 기수 쟁탈전부터 왕립 무투대회의 우승, 태연하게 가문에 드러낸 마장기 등.

한데 이제는 드래곤과 마법 대결까지 벌이다니…….

평생을 비밀스럽게 살 것처럼 굴더니, 자신을 드러내겠다고 결심한 시점부터 루인의 행보는 모든 것이 파격적이었다.

이 일들이 베른 공작령을 넘어 주변 왕국들에게까지 영향력을 끼칠 사안이라는 것을 모르지 않을 터.

왜 이런 엄청난 짓을 연속으로 벌이는지, 저 자그마한 머리에 무슨 생각이 들었는지, 도대체가 파악이 되지 않는 것이다.

"일단 대결의 여파를 가늠할 수 없어요. 몰려든 가문의 혈족들과 기사들을 모두 물릴게요."

벤엘 분지를 새까맣게 둘러싸고 있는 사자성의 기사들.

사자성의 수비대를 제외한 거의 모든 기사들이 지금의 대결을 지켜보고 있었다.

한데 카젠의 반응은 의외였다.

"불허한다."

"네?"

"루인을 잘 알지 않느냐. 아무런 생각 없이 이 정도 판을 깔 아이가 아니다."

소에느가 표정을 굳혔다.

기사들의 생사를 책임져야 할 가주로서 할 대답은 아니었다.

만에 하나의 위험까지 대비해야 하는 것이 군주의 도리.

하지만 그렇다고 정말 오라버니가 저 수천 명 기사들의 생명을 하찮게 여기는 것일까?

아니. 루인을 향한 신뢰가 그만큼 지대하기 때문일 것이다.

그때, 갑작스럽게 들려온 시론의 외침 소리.

"루인의 마력 칼날이다!"

천천히 분지의 허공을 수놓고 있는 수천 개의 마력 칼날들.

그 압도적인 위용 앞에, 분지에 모여든 모든 기사들이 숨을 죽이며 지켜보고 있었다.

당황해하는 베리앙.

"고작 마력 칼날 따위로 이 비셰울리스를 상대하겠다는 것이냐?"

감히 마법의 조종을 앞에 두고 2위계의 초급 절단 마법, 마력 칼날이라니.

"물론."

"뭐……?"

지금까지 쭉 지켜만 보고 있던 쟈이로벨이 참지 못하고 루인을 말렸다.

*-혈기왕성한 성체(成體) 시기의 용이다. 너무 자극할 필요
는 없지 않느냐?*

드래곤 일족 중 순수한 전투력은 가장 떨어진다고 알려진
백룡족.

하지만 그들의 용언 마법은 절대로 무시할 만한 수준이 아
니었다.

드래곤 특유의 브레스나 육체적인 능력을 배제한다면 가장
강한 적룡족(赤龍族)과 비견되는 용언 마법을 보유한 일족.

한데 그런 고고한 자부심으로 가득한 백룡족의, 그것도 왕
성한 용마력을 자랑하고 있는 에이션트 드래곤에게 루인은
지금 마력 칼날로 도발하고 있는 것이다.

그러나 루인에게는 이유가 있었다.

자신은 아직 이번 생에서 강자라 불릴 만한 존재와 전투를
벌인 적이 없었다.

어설픈 초인을 이룩한 윌켄은 사실 군단장급에도 미치지
못하는 경지.

그나마 악제의 사념이 직접 운용하던 브홀렌을 상대한 경
험이 있었지만, 그 역시 과거에 상대했던 군단장들에 비할 수
는 없었다.

악제가 아무리 강해도 사념체인 브홀렌 자체가 너무 약해
본체의 능력을 백분의 일도 발휘할 수 없었던 것.

하지만 성체에 이른 드래곤이라면 충분히 군단장급의 강자라고 할 수 있었다.

그런 루인의 의도를 읽어 낸 샤이로벨이 우려를 표시했다.

-무모한! 극단적인 방법으로 경지를 돌파하려 든다면 그 나약한 인간의 육체가 남아나지 않을 것이다!

'단지 그것뿐만이 아니다. 샤이로벨.'

초대 사자왕 사홀이 자신에게 남긴 미지의 심상(心想).

사실 자신의 상징처럼 되어 버린 이 마력 칼날은 대마도사였던 자신이 즐겨 쓰던 방식이 아니었다.

헤이로도스의 술식이 있었다지만, 이건 순전히 사홀이 남긴 심상의 영향.

이렇게 대규모로 마력 칼날을 운용하는 것은 어찌 보면 지극한 비효율이었다.

지금까지 루인이 이런 비효율적인 마도를 끝까지 유지했던 것은 사홀이 남긴 유산에 대한 일종의 존중이자 경의였던 것.

-죽음의 위기로 스스로를 몰아넣고 무의식의 기저(基底)를 꺼내 보겠다는 뜻이냐?

간혹 극단적인 상황에서 드러나는 인간의 초인적인 힘.

하지만 그건 마법사로서 할 수 있는 가장 멍청한 선택이었다.

저 철두철미한 루인이 고작 확률에 기대는 방식을 선택할 줄이야.

-네놈답지 않은 무모함이군. 미리 말하겠다. 지금의 나에겐 널 부활시킬 진마력이 남아 있지 않다.

발카시어리어스의 존재감을 흉내 내기 위해 진마력을 모두 소모해 버린 상황.

이번 대결에서 죽는다면 더 이상 루인에게 남은 기회는 없다는 뜻이었다.

그럼에도 루인은 결코 뜻을 굽히지 않았다.

저 백룡은 자신에게 원하는 것이 있었다.

그의 형제, 비세리스마를 살해한 원흉을 듣지 못한 상태에서 자신을 죽이진 못할 것이다.

인간에게 일족이 살해당하는 것을 용납하지 못하는 드래곤 일족.

드래곤의 그런 습성을 잘 알고 있는 루인은 베리앙이 자신을 해치지 못할 것을 확신하고 있었다.

테아마라스의 유적.

그 위험한 미지(未知)를 살피기 전에 반드시 전생의 경지를 회복해야 한다.

그것이 이번 원정의 최소한의 요건.

그리고.

'아버지.'

루인은 저 멀리 위풍당당하게 서 있는 사자왕 카젠을 바라보고 있었다.

어쩌면⋯⋯.

아버지라면 자신이 운용하는 마력 칼날의 움직임에서 초대 사자왕이 남긴 심득을 읽어 낼 수 있을 것이다.

굳이 아버지가 아니라도 상관은 없었다.

마법사인 자신보다는 저 사자성의 기사들에게 기회를 더 주고 싶었다.

물론 월켄에게도.

"너는 백룡 일족을 무시한 대가를 뼈저리게 치르게 될 것이다."

분노로 이글거리는 베리앙.

곧 그의 주위로 엄청난 용마력이 넘실거리기 시작한다.

드드드드드드-

거칠게 흔들리는 분지.

용마력 특유의 활성 파장이 사방을 휘몰아친다.

살갗이 저며 들 정도의 압박감 속에서도 루인은 희게 웃으며 마력 칼날을 통제했다.

이내 희뿌연 빛살에 휘감기는 루인의 전신.

극한으로 구동된 혈주투계, 그리고 예의 헤이스트(Haste)
였다.

쏴아아아아아―

재빨리 활성 파장의 영향력에서 벗어난 루인이 모든 마력
칼날 하나하나에 자신의 염동력을 드리웠다.

흰자위가 모두 사라진, 새까맣게 변해 버린 루인의 두 눈.

염동력이 극한으로 구동되면 나타나는 전형적인 현상이
었다.

그 순간, 술법의 정체조차 알 수 없는 베리앙의 용언 마법
이 현신한다.

원뿔 모양의 거대한 충격파가 분지의 땅거죽을 모조리 뒤
집는다.

콰콰콰콰콰콰콰!

피할 방위조차 계산되지 않는 지각 해일.

루인의 모든 마력 칼날들이 일제히 화망(火網)을 이루어
한곳을 돌파한다.

푸확!

루인의 기다란 잔상이 지각 해일 뚫고 베리앙을 향해 짓쳐
든다.

어느새 마력 칼날들은 거대한 창살처럼 뭉쳐져 베리앙을

타격하고 있었다.

카아아아아아앙!

살면서 한 번도 들어 보지 못한, 그야말로 귀청을 찢을 듯한 굉음에 분지에 모인 모든 기사들이 두 귀를 틀어막고 있었다.

그 강도를 추측할 수 없는 강력한 배리어가 베리앙의 모든 방위를 철저하게 보호하고 있는 것이다.

그 막대한 충격파에 루인이 피를 한 움큼 토해 내며 물러나고 있었다.

"쿨럭!"

일제히 흐트러지기 시작하는 마력 칼날들.

루인이 악착같이 이를 깨물며 염동력을 드리웠다.

긴장감에 전율이 치민다.

자신이 아는 최고의 배리어계 마법은 '이벨루스의 방패'.

최후의 현자라고 불렸던 유클레아의 전매 특기인 그 마법은 인류 연합의 초인들을 몇 번이나 구해 준 절대적인 방호 마법이었다.

한데 이 정도라면 그런 이벨루스의 방패 이상.

흑마법과 백마법을 통합하여 완성시킨 융합 마력이 무슨 장난처럼 흩어지고 있었다.

"고작 이 정도로 날 도발한 것이냐?"

모든 방위에 배리어를 드리운 채 무심한 눈빛으로 서 있는 베리앙.

마장기라면 몰라도 인간의 마법은 여전히 미개했다.

고작 백 년여를 사는 인간의 마도로는 오천 년을 살아온 에이션트 드래곤의 마도를 결코 감당할 수 없는 법.

놈의 운명에 얼마나 거대한 기적과 우연이 겹쳐져 있는지는 모르지만 그래 봤자 인간에 불과한 것이다.

그러나 베리앙이 간과한 것이 하나 있었다.

이내 베리앙의 눈빛에 당혹감이 서리기 시작한다.

찌직.

쩌저적.

서서히 균열하기 시작하는 배리어에 베리앙은 일시적으로 사고가 마비되어 버릴 정도로 경악했다.

술법, 아니 디스펠을 펼친 흔적조차 느끼지 못했다.

도저히 눈앞에서 일어나는 일이 설명되지 않는 것이다.

"이, 이게 무슨……?"

그제야 알 수 없는 미지의 힘을 느끼기 시작한 베리앙이 전력으로 용마력을 운용한다.

가까스로 술식의 붕괴를 막은 베리앙이 황급히 뒤로 물러나며 경악성을 외쳤다.

"인간. 설마 이건…… 염동력이냐?"

그것은 분명 술식을 파괴하는 디스펠의 운용이 아닌 순수한 염동력.

아무런 저항도 없이 자신의 회로를 자연스럽게 해체하던 그 힘은 분명한 염동(念動)의 힘이었다.

정말 말이 되질 않는다.

디스펠의 술식을 일으킨 것도 아니고, 그저 단순한 염동력으로 술식을 해체하는 것이 가능하긴 한 건가?

게다가 이 배리어계 마법은 백룡 일족이 자랑하는 최고의 방호 술식, 백룡마벽(白龍魔壁).

한데, 이어진 기이한 감각에 하마터면 베리앙은 비명을 지를 뻔했다.

"흡!"

순식간에 상념 속을 파고드는 묘한 이질감.

천천히 자신의 정신을 해체하려 드는 그 나긋한 감각에 베리앙이 소스라치게 놀라며 정신 방벽을 점검했다.

"가, 감히……!"

수천 년을 갈고닦은 드래곤의 정신.

감히 그런 드래곤의 정신 방벽을 뚫겠다니?

아니 그것보다 인간이 어떻게 정신 마법을?

"아직 상황 파악이 안 되시나?"

사악하게 웃고 있는 루인.

이내 그의 두 눈에 대마도사의 살기가 진득하게 어린다.

"날 시험하듯 상대하겠다는 생각은 버리는 것이 좋을 거다."

"뭐, 뭐라?"

본체가 아닌 폴리모프 상태에선 아무리 드래곤이라고 해도 본래의 능력을 십분의 일도 발휘할 수 없는 법.

"계속 그 폴리모프를 유지할 생각이라면 좋아. 나로선 환영이지."

씨익.

"그렇지 않아도 드래곤 하트를 한번 연구해 보고 싶었거든."

대마도사의 괴이한 살기에.

베리앙은 선 채로 전율하고 있었다.

저절로 고개가 꺾일 정도의 미칠 듯한 수마(睡魔).

베리앙의 용마력이 순간적으로 흩어졌을 때 루인은 결코 그 틈을 놓치지 않았다.

쫘아아악!

베리앙의 양어깨를 우악스럽게 움켜쥔 루인.

이어 웃는 얼굴로 그대로 머리를 들이받는다.

빠아아악!

비명조차 나오지 않을 정도의 처절한 격통.

베리앙이 황급히 용언 마력을 재배열하려고 했으나 역시 루인이 좀 더 빨랐다.

팟!

순간 베리앙은 보았다.

환상처럼 아른거리는 원형의 파동이 루인의 주먹으로부터 퍼져 나오고 있음을.

파아아아앙!

"큭!"

가까스로 피했다고 여겼는데 아니었다.

스크류처럼 번져 오는 강력한 힘의 파동에 의해 오른팔이 걸레처럼 짓이겨진 것.

베리앙이 천근만근 무거워진 눈꺼풀을 간신히 부릅뜨며 어깻죽지를 지혈했다.

'뭔 마법사가!'

마법과 무투술을 이런 식으로 운용하는 인간이 과연 존재했던가?

에이션트 드래곤의 정신을 무력화시킬 정도로 강력한 초고위 슬립 마법, 거기에 용마력이 흩어질 때마다 짓쳐 오는 무투술 역시 가히 초인 못지않은 위력이 담겨 있었다.

어찌 보면 단조롭기 짝이 없는 운용 방식이었으나 그 조합이 너무 강력한 것이다.

드래곤의 권능인 용언 마법이 정신 마법으로 파훼당할 줄은 생각지도 못했다.

그제야 베리앙은 본체가 아니면 어려울 거라는 루인의 말이 결코 농담처럼 들리지 않았다.

하지만 그 전에 하나 확인하고 싶은 것이 있었다.

"……도대체 이게 무슨 마법이냐?"

루인의 초고위 슬립 마법.

누구보다 오래도록 유희의 삶을 살아왔기에 알 수 있었다.

이런 건 인간 문명의 어떤 학파의 마법에도 속하지 않는다는 것을.

"섞었다."

"뭐라?"

"이것저것 섞었다고."

어처구니가 없다는 듯한 베리앙의 표정.

강대한 정신과 갈고닦은 심상.

예리하게 벼린 감각, 밀도 높은 술식 체계와 검증된 회로 조합법.

마지막으로 시전자의 염(念).

그런 무한의 술식, 마법이 이 학파 저 학파의 이론을 마구 섞는다고 다 가능하다면 애초에 고위 마법사가 희귀할 리가 없었다.

그래서 마도(魔道)란 고귀하다.

지금 루인은 그런 고귀한 마도를 감히 폄훼하고 있는 것이다.

하나 이어진 루인의 설명에 베리앙은 석상처럼 굳어질 수밖에 없었다.

"마신 쟈이로벨의 초상진마학(超想眞魔學), 헤이로도스의 무의식 이론, 거기에 바브니온 마탑의 니오니즘(Neionism)과 비현상론(非現像論)을 참고했지. 자세한 맥락까지 설명하자면 일종의 강론이 될 텐데. 어때? 더 궁금하나?"

"……."

충격으로 굳어진 채 그대로 말문을 잃어버린 베리앙.

고대 헤이로도스의 마도 이론, 최신 학파의 급진적인 접근론, 거기에 마계의 초고위 마법까지 섞었다니?

어떤 종족보다 짧은 생애를 살아가는 인간이었다.

인간의 미약한 인지력으로 그런 엄청난 통합 이론을 구현해 내는 것이 가능할 리가 없었다.

"지금 나더러 그걸 믿으라는 것이냐?"

"처맞고도 깨닫지 못한다면 더 맞아야지."

"자, 잠깐!"

수인을 펼쳐 가던 루인이 미간을 찡그린다.

"이제 상황 파악은 대충 다 됐을 텐데?"

"인간. 정말 이 나의 본체를 상대하겠다는 것이냐?"

에이션트 드래곤의 브레스란 웬만한 성(城) 정도는 일격에 날려 버릴 수 있는 강대한 권능.

드래곤 피어(Dragon Fear) 또한 인간의 정신으로 감당할 수 있는 것이 아니었다.

대결의 여파에 따라 무수한 인명이 희생될 수도 있는 것이다.

하지만 루인은 여전히 여유만만한 태도.

"대결의 여파라면 너무 걱정하지 마라. 곤란한 상황이 일어나진 않을 테니까."

마장기를 탄생시킨 인류는 드래곤 일족과 암묵적인 상호 불가침의 상태였다.

언젠가부터 드래곤들은 굳이 인간들을 공격하지 않았고 그것은 인간 측도 마찬가지.

한동안 침묵하던 베리앙은 결국 폴리모프 마법을 무효화 하기 시작했다.

우우우우웅-

희뿌연 빛살에 휘감긴 베리앙을 묵묵히 바라보고 있는 루인.

곧이어 육중한 백룡의 동체가 벤엘 분지에 현신했다.

드래곤의 찬란한 비늘들로 인해 어지러운 빛줄기가 사방으로 번져 나가자.

흑암의 공포, 대마도사의 주특기인 다크니스 필드 (Darkness Field)가 천천히 빛을 집어삼키며 증식하기 시작했다.

하지만 베리앙, 아니 비셰울리스는 저 루인의 마법이 단순히 빛을 집어삼키는 암막화 마법이 아니라는 것을 이미 알고 있었다.

물리 공격의 무효화.

초인의 검격을 막아 내던 저 어두운 장막에는 드래곤조차 알 수 없는 마도의 신비가 담겨 있었다.

어둠을, 세상을 집어삼키며 증식을 마친 다크니스 필드 위로 무수한 마력 칼날들이 치솟는다.

촤아아아아아—

허공으로 천천히 떠오르는 루인의 육체.

상상할 수 없는 수준의 융합 마력, 그 못지않은 강대한 염동력이 루인의 주변으로 침잠히 드리워진다.

시커멓게 변한 루인의 두 눈동자 또한 보는 이로 하여금 알 수 없는 공포를 자아내고 있었다.

이 순간 그는 자신이 발휘할 수 있는 모든 마도를 드러낸 것이다.

이내 오천 년 이상을 살아온 무한 존재의 자부심이 터져 나온다.

〈인간으로선 훌륭하나 역시 미약하군.〉

마법사가 아무리 대단한 경지를 이룩했다고 해도 마장기 없이 성체 드래곤의 본체를 상대한다는 건 자살행위나 마찬가지.

고작 초인 기사를 상대했던 마도가 그 경지의 전부라면 결코 자신을 상대할 수 없을 것이었다.

보란 듯이 육중한 꼬리를 드러낸 비셰울리스가 그대로 루인을 향해 휘두른다.

콰아아아앙!

첫 공격을 막아 낸 다크니스 필드가 용암처럼 시뻘겋게 달아오른다.

단숨에 방호할 수 있는 물리력의 임계점에 도달한 것이다.

가장 단순하고 기본적인 드래곤의 꼬리치기 공격에 대마도사의 다크니스 필드가 무력화된 것.

순식간에 과거의 전장이 떠오를 정도로 긴장감에 전율하던 루인이 이내 염동력을 떨쳐 냈다.

가늘게 떨리기 시작하는 수천 개의 마력 칼날들.

그렇게 루인의 염동력을 가득 머금은 마력 칼날들이 일제히 백룡의 동체를 공격하기 시작했다.

비세울리스로서는 실소가 나올 수밖에 없었다.

〈흥!〉

비세울리스는 고아하게 선 채로 그저 모두 맞고 있었다.

고작 2위계의 마력 칼날로 오리하르콘의 강도와도 비견되는 드래곤의 비늘을 뚫겠다니.

게다가 백룡 일족의 비늘은 강력한 항마력의 기운까지 품고 있어 마력 칼날 따위로는 흠집조차 낼 수 없었다.

곧이어 마치 귀찮다는 듯이 튀어나온 용언(龍言).

<백룡섬(白龍閃).>

눈부신 빛살이 뿜어져 나와 그대로 세계를 반으로 베기 시작한다.

모든 장애물들을 일직선으로 베며 날아오는 백룡 일족 특유의 권능은 그 이름처럼 차라리 섬광이었다.

촤아아아아아!

시뻘겋게 달아오르다 단숨에 마력을 잃고 흩어지는 다크니스 필드.

순간, 루인의 시야로 거대한 백룡의 앞발이 차올랐다.

쩌직!

순식간에 땅에 박혀 버린 루인.

양팔을 교차하여 악착같이 가드하고 있었지만 애초에 성체 드래곤의 육탄 공격을 인간의 육체로 막는 것이 가능할 리가 없었다.

내부의 장기가 모두 터져 버린 듯한 충격파에 루인의 입에서 울컥 피가 쏟아져 나왔다.

"쿨럭!"

초고위 용언 마법이나 브레스도 아닌, 그저 단순한 드래곤의 육탄 공격에 헤이스트로 강화된 혈주투계가 파괴되어 버린 것.

가공한 회복력을 지닌 혈주투계였지만 회복되는 속도보다

소모되는 융합 마력이 훨씬 많은 상태여서 결국 균형이 깨어
지고 만 것이다.

미끌.

윤활 마법 그리즈를 온몸에 둘러 간신히 빠져나온 루인이
남은 마력을 모조리 마력 칼날에 치환했다.

그 와중에도 슬립 마법으로 비셰울리스의 정신을 공격하
려 했으나 인간의 허약한 육체를 벗어 던진 그는 이미 항마력
의 화신 그 자체였다.

쏴아아아아아—

비셰울리스는 그런 루인의 마력 칼날 공격을 이해할 수가
없었다.

아무리 그 수가 많다고 해도 그래 봤자 본질은 고작 2위계
의 절단 마법.

그런 하찮은 술식으로는 드래곤의 본체에 어떤 타격도 주
지 못함을 분명 알고 있을 터였다.

그런데도 주구장창 마력 칼날만 뿌려 대고 있으니 도저히
그 의도를 읽을 수가 없는 것이었다.

화가 치밀어 오른 비셰울리스.

〈백룡파(白龍波).〉

백룡의 거대한 양 날개가 펄럭이자, 가공할 용마력 터져

나와 마력 폭풍을 일으킨다.

그 엄청난 위력에 루인의 마력 칼날들이 제멋대로 흩어지고 있을 때.

육중한 동체가 믿기지 않을 정도의 백룡의 민첩한 동작이 이어졌다.

콰아아아앙!

이번에도 꼬리 공격이었다.

다급히 쉴드 마법을 둘렀으나 순식간에 온몸이 박살 나 버린 루인.

저만치 날아가 처박혀 꿈틀대던 루인이 악착같이 몸을 일으키고 있었다.

이쯤 되니 비셰울리스의 의문은 커져만 갔다.

워낙 당당하게 본체를 소환하라길래 뭔가 대단한 역량을 숨기고 있을 거라 생각했었다.

한데 이건 에어라인에서 초인 기사를 상대하던 역량, 그 이상 그 이하도 아니었다.

정말 이게 전부라고?

도대체 위대한 드래곤 일족을 뭘로 생각했길래!

〈인간. 대체 무슨 역량으로 내 본체를 상대하겠다는 것이냐?〉

박살 난 몸을 간신히 가누며 웃고 있는 루인.

어느덧 그의 주위로 예의 마력 칼날들이 하나둘 소환되기 시작했다.

〈또 그걸?〉

기만? 농락?

아무리 골몰해 봐도 도저히 이해할 수 없는 루인의 행동.

쟈이로벨도 다급해지기 시작한다.

-무, 무슨 짓이냐 루인! 네놈답지 않다! 더 이상 확률에······!

"끄으······ 저놈은 날 죽이지 못한다."

루인은 확신하고 있었다.

상처 입은 자존감에 분노로 들끓고 있으면서도 이렇게 공격의 강도를 조절하는 것이 가장 명확한 증거.

"게다가 보인다."

-무슨?

죽음의 공포.

희미해져만 가는 의식.

무의식 속에 내재되어 있던 심상이 점차 아롱진다.

희미하고 아득한 환상, 잡힐 듯 말 듯한 미지의 무언가가 분명 또렷해지고 있다.

꽈아아아아악!

"끄으으윽!"

비세울리스가 앞발로 지그시 루인을 누르며 참을 수 없는 분노를 드러냈다.

< 인간. 더 이상 내 인내심을 시험하지 마라. 이제 그만 비세리스마를 살해한 인간의 이름을 말하라. >

씨익.

"크흐흐…… 그게 목숨줄인데 내가 미쳤냐?"

다시 쏟아지는 마력 칼날.

< 끄아아아아아! 대체 언제까지 이 의미 없는 짓거리를 할 작정이냐! >

콰아아아아앙!

백룡파에 힘을 잃은 마력 칼날.

이제는 더 이상 일어설 힘도 없어 보이는 루인.

하지만 그의 두 눈, 점점 새카맣게 변해 가는 그의 두 눈이 아직도 밀도 높은 염동력이 얽혀 가고 있음을 증거하고 있었다.

차차차차차차-

또다시 소환되는 마력 칼날 수천 개.

솟구치는 분노, 그렇게 비세울리스의 처절한 드래곤 피어가 토해질 무렵.

무수한 마력 칼날이.

뭔가 달라져 있었다.

산전수전을 겪어 온 에이션트 드래곤의 노련한 감각이 분명한 경고성을 보내오고 있는 것이다.

츠츠츠츠츠-

그것은 광활한 사념의 파동.

순간, 마력 칼날들이 일제히 하늘 위로 솟구쳤다.

비세울리스가 고개를 치켜들었을 때.

무수한 갈기털로 뒤덮인 거대한 사자가 지상으로 강림하고 있었다.

Chapter. 55

거대한 사자가 벤엘 분지의 상공에 떠올랐을 때, 카젠과 월켄이 동시에 소리쳤다.

"오러!"

"투기!"

그 광대무변한 기운은 틀림없는 투기.

한 인간의 의지가 그대로 투영된, 그야말로 전형적인 투기의 기운이었다.

자연의 기운을 계측, 도식하여 복잡다단한 체계로 구현되는 힘이 마법이라면, 투기는 인간의 심상과 성향이 즉각적으로 드러나는 힘이었다.

175

그 차이는 너무나도 확연해서, 서로 완전히 다른 계열의 권능이라고 봐도 무방할 정도.

그래서 카젠과 월켄을 비롯한 대다수의 기사들이 충격을 받아 버린 것이었다.

마침내.

콰아아아아아아앙!

지축이 통째로 흔들릴 정도의 어마어마한 굉음.

동시에 벤엘 분지의 중심으로 마치 운석에 맞은 듯한 충격파가 몰아쳤다.

그 상상도 할 수 없는 위력에 카젠을 호위하고 있던 유카인이 기사들을 향해 다급히 외쳤다.

"수비 방진을 펼쳐 대열을 보호하라!"

"제가 돕겠습니다!"

월켄이 나서서 광활한 투기의 장막을 떨쳐 냈다.

카젠 역시 마샬 워 소드의 수호사자검(守護獅子劍)으로 투기의 방벽을 일으키고 있었다.

"온다!"

음속에 버금가는 속도의 충격파가 땅거죽을 모조리 터뜨리며 다가오고 있었다.

콰콰콰콰콰콰콰!

그런데 그때였다.

-절대 물리 봉인.

하늘에서 들려오는 루인의 차가운 목소리.

수비 방진의 뒤편에서 충격파를 대비하고 있던 마법 생도들의 얼굴이 동시에 밝아졌다.

일정 범위 내의 등속 운동을 포함한 모든 물리력을 차단하는 디 포스(Deforce) 계열의 최고위 주문.

쏴아아아아아-

검은 해일처럼 변한 대마도사의 융합 마력이 지상을 향해 차분히 내려앉는다.

이내 분지 전체를 휘감던 충격파가 씻은 듯이 사라져 버렸다.

방패와 검을 치켜든 채 충격파를 대비하고 있던 기사들이 하나같이 멍한 표정으로 하늘을 바라보고 있었다.

수천 개의 마력 칼날을 드리운 채로 천천히 상공을 선회하고 있는 루인.

"중력 역전 마법으로 플라잉(Flying)을 유지한 채로…… 게다가 마력 칼날을 다루면서…… 절대 물리 봉인을 시전하다니……."

저게 정말 사람이 맞긴 한 건가?

그것이 루인을 바라보고 있는 다프네의 솔직한 심정이었다.

루인의 융합 마력과 염동력이야 워낙 충격적인 걸 많이 경험해서 그러려니 할 수 있었다.

그러나 초고위 술식을 연속으로 시전하는 저 무한한 연산력은 도저히 설명될 수가 없었다.

그때, 광대무변한 드래곤 피어(Dragon Fear)가 분지를 진동했다.

캬오오오오오!

◆ ◈ ◆

-그, 그게 도대체 무슨 힘이냐?

지상의 인간들보다 권능의 구현을 직접 목격한 쟈이로벨의 충격이 가장 컸다.

추락하고 있는 루인.

깃털만큼의 마력도 남아 있지 않았다.

무한할 줄로만 알았던 염동력도 이미 진즉에 바닥이 난 상태.

게다가 드래곤의 강력한 육탄 공격에 의해 혈주투계 역시 깨어진 상황이었다.

한데도 정신을 잃어 가는 루인은 웃고 있었다.

-정신 차려라! 루인!

이대로면 반드시 죽는다.

인간의 몸이 이 정도 낙하 속도를 견딜 리 없을 테니까.

게다가 저 지상의 백룡마저 날개가 통째로 날아간 채로 거대한 분노를 드러내고 있었다.

마치 찢어발길 기세!

-으아아아아아!

루인이 계약자였다면 잠시 육체를 차지할 수 있었을 텐데 그것마저 불가능한 상황.

-일어나! 일어나라고!

이대로 루인이 죽어 버린다면 혼주(魂珠)가 깨어진 것만큼이나 큰 충격을 받을 터였다.

진마력을 모두 소진한 상황에서 혼주가 깨어질 정도의 충격마저 받는다면 의식, 아니 영혼 자체가 위험했다.

그런 상황은 아므카토도 마찬가지.

이내 아므카토가 다급하게 소리쳤다.

-제가 해 보겠습니다! 군주이시여!

아므카토는 말보다 행동이 더 빨랐다.

벤엘 분지에 흩어져 있던 무수한 점(點)들이 한곳으로 모인다.

거대한 군집을 이룬 벌레들이 마치 융단처럼 변해서 루인의 육체를 받아 들고 있는 것이다.

수십, 수백만 마리의 벌레들을 통제한 후유증이 곧바로 아므카토를 집어삼켰다.

마계의 위험한 대전을 무수히 겪은 아므카토에게도 이 정도로 많은 벌레를 한꺼번에 통제하는 건 이번이 처음이었다.

-크으으으!

-잘했다! 아므카토!

마치 벌레들을 양탄자처럼 온몸에 드리운 채 천천히 지상으로 하강하고 있는 루인.

백룡 비세울리스의 커다란 눈에서 참을 수 없는 분노와 함께 당혹한 심경이 고스란히 드러났다.

〈드루이드……?〉

동물을 다루는 특이한 수인 개체는 들어 본 적이 있어도 벌레를 다루는 인간이 존재한다는 건 듣지도 보지도 못했다.

〈크으으으…….〉

잠시 한눈을 팔기 무섭게 다시금 어깻죽지로부터 극한의
고통이 밀려든다.

지금도 소름이 돋았다.

순간의 틈에 날개를 펼쳐 막아 내지 못했더라면 정말 죽을
수도 있었다.

백룡의 긴 생애에 죽음의 공포란 처음 겪는 것.

당장 눈앞의 인간을 그대로 찢어발기고 싶었지만 잠시 분
노가 소강되자 밀어냈던 이성이 찾아왔다.

이곳에 모인 무수한 인간들.

눈앞의 인간을 죽여 없앤다는 건 이 분지에 모인 모든 인간
을 함께 죽여야 한다는 말과 같다.

한 명이라도 살아서 증언자로 남는 날엔 자신의 일족은 인
간의 군대를 상대해야 했으니까.

마장기를 보유한 인간들과의 전쟁은 아무리 드래곤 일족
이라고 해도 종족의 운명을 걸어야 하는 일.

자신 하나 때문에 일족을 위험에 빠뜨릴 순 없는 것이다.

더구나.

〈그 힘은 도대체 무엇이지?〉

도저히 참을 수 없는 의문이 먼저였다.

그것은 마법사나 기사의 역량, 그 어디에도 속하지 않는 위험한 권능이었다.

오리하르콘의 강도와 비견된다는 드래곤의 비늘을 처참하게 부수며 외부 피질을 파고들던 거력.

그 힘은 결코 단순한 마법으로 치부될 수 없었다.

고작 2위계의 절단 마법에 불과한 마력 칼날. 아무리 군집(群集)을 이룬 마력 칼날이라고 해도 어떻게 그런 위험한 권능으로 변모할 수 있단 말인가?

루인이 반쯤 풀려 게슴츠레 뜬 눈으로 비셰울리스를 응시했다.

"졌다…… 항복……."

황당함으로 물드는 비셰울리스의 두 눈.

〈뭐……?〉

"더는…… 움직일 힘도 없어서 말이지……."

스스로 패배를 시인하면서도 눈은 웃고 있었다.

간신히 참아 왔던 분노가 다시금 비셰울리스의 이성을 집어삼켰을 때.

"아…… 설마 위대한 드래곤께서 패배를 선언한 인간을 상대로…… 살심을 드러내는 건가……? 고귀한 일족께서……

그 정도로 명예를 모른다고……?"

목적을 깔끔하게 달성한 루인으로서는 이번 대결에 아무런 미련도 남아 있지 않은 것.

괜히 드래곤의 분노를 사 목숨을 잃을 필요까진 없었다.

비릿하게 웃던 루인이 벌레 군집 아래로 쓰러지듯 내려와 명상 자세를 취하기 시작했다.

이내 루인의 어깨 위, 몽글거리며 드러난 오드(Ord).

더는 분노할 힘도 남아 있지 않은 비세울리스의 두 눈에 또다시 터무니없는 황당함이 서린다.

〈마나 하트……?〉

마력을 모두 소진한 희미한 잿빛의 마나홀.

하지만 그런 마나홀을 중심으로 선명한 여섯 개의 고리가 기이한 영성(靈性)을 뿜어내며 휘돌고 있었다.

마법사로서의 통곡의 벽, 마의 경지라는 6위계를 극적인 순간에 정복해 낸 것이다.

갓 태어난 고리.

다른 고리에 비해 선명한 휘광을 뿜어내고 있는 여섯 번째 고리를 비세울리스도 즉각적으로 알아보았다.

〈방금 이룬 경지라고……?〉

도저히 현실을 받아들일 수가 없었다.

고작 6위계.

그것도 방금까진 5위계였다는 소리.

백룡 일족의 에이션트 드래곤인 자신이, 고작 5위계의 인간 마법사에게 치명상을 입었다는 사실은 너무나도 충격적이었다.

그렇게 루인은 새롭게 탄생한 고리를 태연하게 동조감응하고 있었다.

새롭게 형성한 고리를 마나 하트에 동화시키는 과정은 마법사로서 가장 중요한 순간이었기 때문.

지이이이잉-

꽤 오랫동안 융합 마력을 모으며 여섯 번째 고리를 갈무리하던 루인이 천천히 눈을 떴다.

다시 다중 일루전과 몇 개의 방호 술식이 오드를 감싸자 이내 허공이 일그러지며 곧 그 종적을 감추었다.

어느 정도 마력을 회복했기에 루인은 간신히 몸을 가눌 수 있었다.

두 눈으로 직접 보고도 믿을 수 없는 광경.

비세울리스가 루인의 어깨 위에 일렁이고 있는 이질적인 왜곡의 기운을 유심히 관찰하고 있었다.

〈설마 그 술식이 마나 하트를 숨기고 있던 왜곡장이었나?〉

루인의 어깨 위에 기이한 왜곡 술식이 얽혀 있다는 것은 진즉에 파악한 상태.

하지만 그런 왜곡장 내부에 놈의 마나 하트가 숨어 있을 거라고는 상상하지도 못했다.

"보신 바대로."

⟨허······.⟩

마도의 상식이 모조리 부정되는 듯한 감정에 휩싸인 비셰울리스.

마도(魔道)의 마나홀은 생명체의 심장이다.

그것은 마치 대자연의 법칙처럼, 마법이라는 권능이 탄생한 순간부터 정해진 이치.

한데 왜?

도대체 무슨 이점이 있다고 저런 무모한 짓을?

마법사의 생명이나 다름없는 마법 기관 마나홀이 언제든지 파괴당할 수 있는 상황.

왜 굳이 그런 위험한 상황을 스스로 자처한단 말인가?

아니 무엇보다, 생명체의 심장을 능가하는 마력 매개가 존재할 수가 있단 말인가?

현자 에기오스가 느꼈던 감정을 고스란히 느끼고 있는 백룡 비셰울리스에게로 루인의 목소리가 다시 날아들었다.

"뭐, 어쨌든 널 상대할 역량이 남아 있지 않으니 나의 패배다. 내 제안은 없었던 것으로 하지."

〈제안?〉

그제야 이번 대결의 목적을 뒤늦게 상기한 비세울리스였다.
자신이 패배한다면, 테아마라스의 유적에 함께 동행해 달라는 루인의 요청을 들어줘야 했던 것.
그런데.

〈가겠다.〉

루인이 마치 기다렸다는 듯이 흔쾌히 고개를 끄덕인다.
"역시 그럴 테지."
루인의 묘한 어감에 비세울리스는 기이한 감정에 휩싸였다.
어쩐지 모든 상황이 저 인간의 손에 놀아나는 듯한 느낌적인 느낌.
"그럼 빨리 회복해라. 일주일이면 되나?"
오른쪽 날개의 비늘들이 모조리 깨어졌다.
전력으로 치유한다고 해도 일주일은 도저히 무리.
아무리 에이션트 드래곤이라고 해도 동원할 수 있는 용마력에는 한계가 있었다.

치유를 위해 동면이 필요하다고 해도 무리가 아닌 상황.

〈그건 무리다! 일주일은 너무!〉

"아 그럼 우리끼리 가지."

〈뭐……?〉

"다운그레이드 마장기가 완성되는 대로 출발할 거다. 일주
일이면 충분해. 그때까지 알아서 잘 회복하라고. 아니면 우
리끼리 먼저 갈 테니까."

마장기면 마장기지 다운그레이드 마장기는 또 뭐란 말인가?

자신의 날개를 처참하게 박살 낸 신비한 권능, 벌레를 다루
는 신비한 능력, 외부에 소환한 마나 하트, 다운그레이드 마
장기까지…….

정말이지 놈의 모든 것들은 의문투성이 그 자체였다.

"아브카토. 좀 더 도와줘."

〈아브카토……?〉

또다시 알 수 없는 말을 늘어놓는 기상천외한 인간.

벌레 융단이 다시금 루인을 두둥실 떠오르게 만들더니 마치

마법 양탄자처럼 허공을 나아간다.

축 처진 날갯죽지로 그렇게 멀어지는 루인을 멍하니 쳐다보고 있는 비세울리스.

그의 오천 년 생애에서, 오늘처럼 당황스럽고 허무한 날은 처음이었다.

◆ ◈ ◆

루인의 상태는 심각했다.

전신의 다발 골절상, 주요 인대 및 근육 파열, 그중에서도 가장 심각한 건 척추 손상이었다.

아무리 융합 마력으로 구동되는 혈주투계지만 인간의 피륙으로 감당할 수 없는 힘까지 막을 순 없었던 것.

루인은 그런 자신의 육체를 투시 마법으로 담담히 관조하고 있었다.

-넌 정말 미친놈이다.

내부 곳곳에 상흔처럼 남아 있는 거대한 나선(螺旋)의 힘.

-어떻게 혈주투계를 역(逆)으로 운용할 생각을 했느냐?

투시 마법을 거둔 루인이 피식 웃으며 다시 침대에 쓰러졌다.

자신이 마주했던 건 드래곤의 꼬리 공격과 앞발 공격.

한 방 한 방이 1천만 파스칼 이상의 미친 공격들이었다.

그래서 루인이 선택한 방법.

혈주투계의 회전하는 힘, 전사력(轉絲力)을 역으로 운용해 자신의 몸을 하나의 나선처럼 만들어 힘을 흩트리는 것이었다.

-마족의 강건한 육체로도 함부로 하지 않는 운용법을……
백룡 놈의 공격이야 분산시킬 수 있겠다마는 인간의 육체가
그런 전사력을 감당할 수 있을 리가 없다.

"잘 살아 있는데?"

-흥! 그거야……!

그 와중에도 이 인간 같지도 않은 놈은 특별한 수호 마법으로 자신의 주요 장기들을 보호해 냈다.

다른 모든 뼈들은 박살이 났지만 늑골 부근만 무사한 것이 바로 그 증거.

그 긴박한 와중에도 술식을 외워 장기를 보호하고 혈주투계를 역으로 펼치는 모험까지 성공해 내다니…….

쟈이로벨은 새삼 루인의 과거가 더욱 궁금해졌다.

대체 어떤 전장을 견디며 살아왔길래 이런 말도 안 되는 판단을 아무렇지도 않게 할 수가 있단 말인가.

-그 거대한 사자상의 마법은 대체 어떤 식으로 구현되는 힘이냐? 역시 사흘이 남긴 유산인 것이냐?

루인은 쟈이로벨의 질문에 당장은 설명할 순 없었다.

결코 마법에 속하지 않는 미지의 권능.

마치 그것은 영혼에 각인된 이미지를 통해 설명할 수 없는 제3의 감각으로 구현되는 느낌이었다.

실제로 마력 칼날을 소환하기 위해 필요한 마력 외에는 어떤 마력도 따로 소모되지 않았다.

그런 터무니없는 힘의 구현 방식은 대마도사의 인생을 통틀어 처음 경험하는 것.

드래곤 혹은 초월자급의 기사나 마법사, 심지어 악제의 군단장들에게도 경험하지 못한 힘이었다.

그때.

똑똑-

갑작스럽게 들려온 방문을 두드리는 소리.

풍겨 오는 투기의 파장만으로도 알 수 있었다. 아버지였다.

"깨어 있습니다."

문을 열고 자신의 방에 들어온 인물들은 아버지와 유카인,

그리고 월켄과 데인이었다.

루인이 침대에서 일어나려고 할 때 카젠이 부드러운 투기를 일으켜 다시 밀어 눕혔다.

자신이 병자 취급받고 있다는 사실에 루인은 쓸쓸하게 웃고 말았다.

"형님! 몸은 좀 어떠십니까?"

루인이 갑주를 풀며 허겁지겁 달려온 데인의 머리를 쓰다듬었다.

"괜찮다."

하지만 카젠은 루인의 몸 상태를 즉각적으로 파악하며 데인을 향해 엄정하게 말했다.

"형의 몸을 만져선 안 된다. 데인."

"예?"

폭급한 나선의 급류가 휩쓸고 지나간 듯한 대공자의 육체.

어떻게 저렇게 몸이 만신창이가 된 상태에서도 정신을 잃지 않고 오히려 여유를 부릴 수 있는지…….

절레절레 고개를 젓던 카젠이 루인의 침잠한 두 눈을 지그시 바라본다.

"꽤 위중해 보인다. 신관이나 의사가 필요하지 않느냐?"

"필요 없습니다."

샤이로벨이 진마력을 회복한 후에 자신을 재생시킨다면 신관 100명보다 낫다.

왕성의 신관이나 의사를 초빙하는 시간보다야 쟈이로벨이 진마력을 회복하는 것이 더욱 빠를 터.

입술을 씹으며 감정을 추스르던 카젠이 참아 왔던 의문을 뱉어 냈다.

"기사의 투기를 어떻게 구현해 낸 것이냐?"

기사의 투기라······.

루인은 잠시 웃음이 터져 나오고 말았다.

분면 그것은 마력보다 투기에 좀 더 가까운 힘.

시전자의 의지가 매개가 되어 구현되는 권능이니 아버지의 그런 착각도 무리는 아니었다.

하지만 루인은 알고 있었다.

그 힘은 결코 투기 따위가 아니라는 것을.

"그리고 그건 분명 사자(獅子)였습니다!"

데인의 흥분 섞인 외침.

그것은 하이베른가를 상징하는 중검술, 틀림없는 사자의 기운이었다.

"······혹 사홀 님을 만났느냐?"

유카인과 데인의 고개가 카젠을 향해 거칠게 꺾였다.

그만큼 가주의 입에서 나온 말에 너무 놀랐기 때문.

한데.

"예. 그분의 사념을 만났습니다."

"사념······?"

친위 기사 유카인의 얼굴이 충격으로 얼룩졌다.

"대, 대공자님! 대체 어디서? 아! 설마……?"

하이베른가의 지하 감옥.

초대 사자왕, 사흘의 유산이 잠들어 있는 가문의 지하 미로를 대공자는 분명 방문한 적이 있었다.

사자성의 지하에 잠들어 있던 천 년의 비밀은 무수한 선조들의 노력에도 끝내 발견되지 않았다.

그 방대한 미로를 뚫고도 찾아내지 못한 초대 사자왕의 유산을 기어코 발견하다니!

"장하다. 정말 장하다."

그것은 당대의 사자왕, 하이베른가의 가주로서의 참을 수 없는 기쁨.

가문의 천년 숙원이 마침내 이루어졌으니 카젠은 그 마음을 말로 형용할 수가 없었다.

그때 월켄이 조용한 목소리로 물었다.

"넌 초인을 넘어섰나?"

신의 대리자라고 불리는 드래곤의 본체를 일격에 으스러뜨릴 수 있는 거력.

그것은 초인으로선 결코 불가능한 위력이었다.

그런 일은 인간의 굴레를 벗어난, 진정한 인외의 경지인 초월자(超越者)에게만 가능한 것.

"무슨 헛소릴."

193

초월자는커녕 초인의 경지도 회복하지 못한 상태.

마도(魔道)에서 초인의 경지로 불릴 정도가 되려면 적어도 8위계의 끝자락에 진입해야 했다.

"역시 아니군."

초인이라면 저 사자왕이나 소드 힐의 노인처럼 특유의 발산하는 기세가 있었다.

자신의 공간을 완벽히 지배하고 있는 자연체.

하지만 루인에게는 그런 알 수 없는 막막한 무언가가 느껴지지 않았다.

흔들림 없이 단단한 아버지의 눈빛을 차분하게 올려다보는 루인.

"느낀 것이 있으십니까?"

한동안 침묵하던 카젠.

곧 그가 나직이 고개를 가로저었다.

"모르겠구나."

분명 가슴을 울려 오는 거대한 무언가는 있었다.

그러나 카젠은 그 느낌을 실체화할 수가 없었다.

"너는?"

끈적하게 자신을 바라보고 있는 루인을 향해 윌켄이 씁쓸하게 웃었다.

"나는 이 가문의 기사가 아니다."

"그런 건 상관없이 네 느낌을 말해라."

피식.

"그런 걸 즉각적인 감각으로 받아들였다면 애초에 이 자리에 오지도 않았겠지."

결국 루인도 마주 웃고 말았다.

녀석의 말대로 깨달은 바가 있었다면 그 심상을 모두 자신의 것으로 만들 때까지 그 자리에서 한 발자국도 움직이지 않았을 것이다.

그것이 바로 검성이라는 기사.

"······."

카젠은 그제야 비로소 루인이 굳이 목숨을 걸면서까지 드래곤과 맞선 이유를 깨달았다.

초대 사자왕 사흘의 검술을 가문에 전하려 했던 것.

그러나 사람의 일이란 결코 운명과 인연을 거스를 수 없는 법이었다.

사흘의 사념이 루인에게 나타났다면, 그의 운명에 그 이유가 촘촘히 얽혀 있다는 뜻일 터.

"어렴풋한 느낌만으로는 결코 검술의 원형을 파악할 수 없다. 너는 스스로에게서 답을 찾아야 할 것이다. 더는 외면하지 말거라."

그런 카젠을 물끄러미 응시하는 루인.

"사흘 님의 검술입니다."

"검술(劍術)?"

순간 카젠의 두 눈에 폭풍과도 같은 기세가 얽힌다.

"검술이라고 확신하느냐?"

"……."

카젠의 질문에 담긴 의도를 곧바로 이해한 루인.

아버지는 스스로조차 확신하지 못하는 힘을 타인에게 전하려는 것은 무모한 짓이라고 강변하고 계셨다.

"네가, 하이베른가의 대공자가 완성해 내야 한다."

그 짧은 한마디에 담긴 의미는 결코 가볍지 않았다.

지금 카젠은 초대 사자왕의 유산이 가문에 이어지는 것을 거절한 것.

루인은 금방 당혹스러운 얼굴을 했다.

"저는 마법사입니다. 가문의 유산을 어떻게 제가……."

"하하하하!"

갑자기 한바탕 크게 웃던 카젠이 데인의 머리를 쓰다듬었다.

"오늘 네 형이 정말 웃기는 말을 하는구나."

아버지와 마주 씨익 웃는 데인.

"그러게요."

유카인도 슬며시 미소를 지으며 루인에게 물었다.

"대공자님께서는 기사와 마법사를 가르는 기준이 설마 마법과 검술, 투기와 마나 뭐 그런 겁니까?"

"예?"

천천히 침대에 걸터앉는 카젠.

"대공자."

"……말씀하십시오. 아버지."

이내 아련한 회상에 물들어 가는 카젠의 두 눈.

"피의 대속(代贖)으로 사자성을 울게 만든 이가 누구냐."

유카인이 거들었다.

"반란자들을 엄격한 가율에서 구원하고 용서하시어 가문을 하나로 묶은 존재도 대공자이십니다."

"감히 가주를 무시하고 기수 쟁탈전의 대전사로 나서서 금린사자기를 지켜 낸 이 또한 대공자지."

카젠의 강렬한 눈빛이 데인을 향해 짓쳐 든다.

"네 기사의 심장은 누가 준 것이냐."

"형님…… 아니 하이베른가의 대공자입니다."

카젠이 대공자의 방문 앞에서 매서운 눈빛으로 서 있는 기사를 호명했다.

"라이칸. 그대는 대공자를 위해 죽을 수 있는가."

척.

"충!"

한 치의 흔들림도 느껴지지 않는 결연한 눈빛의 기사.

카젠의 가라앉은 두 눈이 다시 루인에게 향했다.

"보아라. 아무도 의심하지 않는다. 대공자는 지금까지 기사가 아닌 적이 단 한 번도 없었다."

침대에서 일어난 카젠.

"이 가문에서 마법사라는 이유로 대공자의 정통성을 의심하는 기사는 단 한 명도 없다는 뜻이다."

"아버지……."

"모두 네가 그렇게 만들었다."

"……."

감히 베른가의 성을 사칭하는 참람한 존재.

모두의 손가락질을 받던 저주받은 흑마법사.

루인은 가문으로부터 도망쳤던 지난 생의 울분이 떠올라 알 수 없는 감정으로 북받쳤다.

한껏 엄숙해진 카젠의 표정.

"가문의 유산을 온전히 취할 것을 대공의 인으로 명하노니."

루인은 무릎을 꿇을 수 없어 그저 고개만 푹 숙였다.

"대공자는 목숨을 바쳐 그 사명을 완수하라."

더는 거부할 수 없었다.

그저 소리 없이 울 수밖에 없었다.

"……."

어느덧 화석처럼 풍화된 감정으로 주머니 속을 만지작거리는 윌켄.

루인은 그가 만지고 있는 것이 슈톨렌 인형이라는 것을 알고 있었다.

하이베른가의 뜨거운 가족애 앞에서 녀석은 틀림없이 잊

어버린 여동생을 떠올렸을 것이다.

우리가 지켜야 할 모든 사람들.

이번 생은 결코 실패하지 않을 것이다.

"그녀는 살아 있다 월켄."

"뭐……?"

너무 놀라 굳어진 월켄.

"지금…… 내 동생은…… 어디에 있지……?"

하지만 월켄은 루인의 얼굴에서 순간적으로 스쳐 지나가는 슬픔을 읽을 수 있었다.

"아직."

루인이 힘겹게 일어나 그의 손을 잡는다.

"아직은 안 된다. 월켄."

지금 그녀는 닿을 수 없는 곳에 있었다.

그러나 그래서 더 안전했다.

적어도 알칸 제국이 멸망하지 않는 한 그의 여동생은 무사할 것이었다.

"때가 되면 내가 먼저 그녀를 찾겠다."

검성의 일은 대마도사의 일이나 마찬가지.

이미 월켄의 여동생을 되찾는 일은 루인이 세워 놓은 계획 속의 최상단에 있었다.

"비셰울리스는 어디에 있습니까?"

◆ ◆ ◆

"본체로 현신한 드래곤을 쓰러뜨렸다라⋯⋯."

벤허 백작의 탄식 섞인 읊조림.

남부의 귀족들은 하나같이 혼란스러운 기색으로 가득했다.

"이거 원. 두 눈으로 직접 목격했으니 믿지 않을 수도 없는 노릇이고⋯⋯."

"마장기 군단만 해도 왕국이 뒤집어질 일이거늘⋯⋯ 거기에 백룡 일족이 하이베른가의 수호룡으로 복귀한다면 이건 르마델의 왕권도 위태로운 일이 아니겠소?"

"하지만 그 옛날의 백룡 비셰리스마와는 다른 개체라고 들었습니다."

"형제 격의 드래곤이라더군. 수호룡으로서의 복귀가 영 가능성이 없는 이야기는 아니란 소리지."

"젠장맞을! 뭐? 늙은 사자라고?"

"대체 어떻게 이런 일이⋯⋯."

지금까지 귀족 사회에 존재조차 알려지지 않았던 베른가의 대공자.

하지만 그가 등장한 이후 왕국은 전례 없는 혼란으로 치닫고 있었다.

신비의 하이베른가의 대공자.

마치 하늘에서 뚝 떨어진 것과 같은 존재.

등장하자마자 초인 기사와 드래곤을 쓰러뜨린, 게다가 마장기를 드러내며 왕국의 모든 무력과 권력을 무의미하게 만들어 버린 희대의 인물.

문제는 그런 엄청난 인물이 심계까지 매우 치밀하다는 것이었다.

권력의 중추, 르마델의 핵심이라 할 수 있는 자신들을 한낱 잡상인처럼 다루고 있는 것이 바로 그 증거.

쟁쟁한 백작가, 평생을 명망 높은 귀족으로 살아온 벤허는 이렇게 자신을 접객실에 처박아 놓은 하이베른가의 처사에 쓴웃음을 짓고 있었다.

"……소식은 아직인가?"

벤허의 질문에 아무도 대답하지 못했다.

오늘도 접견 요청을 거부당한다면 벌써 열흘째.

"이건 누가 봐도 길들이기요. 계속 이런 취급을 당할 수는 없소."

긱스 가주의 자조 섞인 반응에 헤럴드 공이 허탈하게 웃었다.

"그래서 이대로 남부로 돌아갈 작정이시오?"

여기 모인 남부의 귀족들은 에어라인에서 이미 대놓고 하이렌시아를 향해 반기를 든 상태였다.

하이렌시아가의 영향력 아래 살아왔기에 그들이 얼마나 치밀한 가문인지 속속들이 알고 있는 남부의 귀족들.

하이렌시아가의 엄청난 핍박과 견제가 확실해진 상황에서

아무런 수확도 없이 돌아간다는 건 스스로 몰락을 자처하는 꼴이었다.

이거야말로 외통수.

대공자가 친 그물 속의 물고기나 다름없는 신세였다.

더구나.

"만나 준다고 해도 문제요. 아무리 대공자가 먼저 제시한 조건이라고 해도, 이런 상황에서 우리가 그 조건을 계속 들이밀 수는 없지 않겠소?"

"으음……."

마장기를 보유한 검술 명가.

천 년 전의 수호룡을 회복한 사자의 가문.

그런 하이베른가를 상대로 강짜나 다름없는 거래 조건을 다시 내밀었다간 무슨 일을 당할지 가늠조차 되지 않았다.

대가 없는 일방적인 손해란 존재할 수 없는 것.

귀족 세계의 치열한 권력 다툼을 일상적으로 겪어 온 남부의 귀족들은 그것이 얼마나 부질없는 조건인지를 잘 알고 있었다.

대공자가 제안한 조건은 거의 영지전에서 승리한 가문이 패배한 가문에게 내미는 형벌적인 조건과 비슷한 수준.

"그런 무리한 조건을 우리에게 내민 대공자의 의도가 무엇이겠소?"

"거야 그 정도의 희생을 각오해서라도 자신들의 영향력을 남부까지 확장시키려는 의도가 아니겠습니까?"

"그건 일차원적 생각이지."

모두의 시선이 벤허 백작에게 모였다.

그는 여기 모인 귀족들의 실질적인 우두머리 격인 인물.

"수호자 드베이안, 라슈티아나 왕비, 현자 에기오스, 학부장 헤데이안, 그리고 마지막으로 1왕자 아라혼."

"그게 무슨……?"

"그때 그 내빈실에서 표면적으로 렌시아가에게 반기를 든 인물들의 면면이네."

벤허 백작의 잔잔한 음성에 모두의 안색이 굳어졌다.

"렌시아가의 후원 없이는 한 달도 버틸 수 없는 마탑의 주인. 렌시아가의 꼭두각시나 다름없었던 왕비. 애초에 권력 다툼 따윈 상관없이 살아온 르마델의 수호자. 게다가 까마귀들의 공작에 완벽한 왕국의 쓰레기가 된 1왕자."

벤허 백작의 눈빛이 번뜩였다.

"그대들은 저 인물들이 렌시아가에게 반기를 드는 것이 가능하다고 생각하는가?"

"불가능합니다."

"터무니없소."

벤허 백작이 수염을 매만지며 고개를 끄덕였다.

"하지만 그들은 반기를 들었지. 그것도 수호자와 1왕자를 중심으로."

눈치 빠른 긱스 가주가 두 눈을 번뜩였다.

"설마 벤허 공의 말씀은……!"

"그렇네. 그들의 목적이 고작 우리의 멱살이나 잡자는 게 아니란 뜻이네. 남부를 복속시키려는 것은 그저 대공자의 개인적인 목적에 가깝겠지."

"정말 그들이 1왕자를 국왕으로 추대할 생각이란 말입니까?"

"처음엔 긴가민가했지만 수호자가 나선 시점에서 나는 확신했지."

"수호자……."

점점 깊어지는 벤허 백작의 두 눈.

"지금까지 드베이안 공을 품에 안은 귀족은 없었네. 그건 렌시아가조차 하지 못한 일이지. 왜겠는가?"

이번에도 긱스 가주가 대답한다.

"실패할 경우 후폭풍이 너무 크기 때문입니다. 수호자의 올곧은 성격상 자신이 받았던 제안을 고스란히 국왕, 혹은 왕실에 보고할 확률이 크지요. 자신들의 음모와 계획이 곧바로 노출될 수 있는 위험한 상황을 누구라도 만들고 싶지 않을 겁니다."

"잘 알고 있군. 한데 베른가의 대공자는 그걸 해냈어."

"……그렇군요."

귀족들은 벤허 백작의 설명을 듣고 있으면서도 도무지 받아들이지 못하는 표정이었다.

검밖에 모르는 왕국의 수호자, 그 대쪽 같은 인물이 귀족들의 이해관계에 어울려 새로운 국왕을 옹립하려 한다는 게 쉽게 상상되지 않았기 때문이었다.

더구나 그 일은 현 국왕인 데오란츠에게 반기를 드는 일.

충성의 화신인 수호자가 그런 반역에 가까운 결심을 했다고는 도저히 생각할 수가 없었다.

"이쯤에서 묻고 싶군."

벤허 백작의 시선이 천천히 한 곳으로 향했다.

그곳에는 열흘째 침묵으로 일관하고 있는 소울레스가의 가주 와이립 공이 앉아 있었다.

남부의 귀족들 모두가 알고 있었다.

그가 하이렌시아가에서 보낸 정찰병이라는 것을.

비밀리에 렌시아가와 함께 마장기를 제작해 온 소울레스가는 이미 그들과 한 몸이나 마찬가지.

표면적으로야 마정의 대량 공급을 약속한 대공자의 제안에 대한 응답이겠지만, 진정한 목적은 역시 하이베른가를 정찰하기 위함일 터.

하지만 렌시아가에게 무슨 보고를 할 수 있을까?

아카데미의 생도들이 마력 동조에 실패할 때면, 여지없이 통째로 뜯겨 나가는 마장기의 마력핵을 관찰하기까지 했다.

그렇게 고철 덩어리로 변한 마장기를 대공자가 모조리 회수했음에도, 지금도 저 창밖의 연무장에는 그런 마장기가 5기나 나란히 도열해 있었다.

저 머릿속에 어떤 혼란과 충격이 가득할지를 충분히 짐작하고도 남음이었다.

"······무엇을 말이오?"

텅 빈 동공으로 대답하는 와이립을 향해 벤허 백작이 피식 웃었다.

"베른가의 대공자가 적선하듯 내어 주는 마정으로 마침내 마장기를 완성했다고 치세. 그다음은?"

"······."

"그대들 소울레스가가 제작하고 있는 마장기는 알칸 제국의 마장기에 비해 완성도가 떨어진다고 들었네. 그것도 고작 1기가 전부지."

점점 와이립의 눈동자가 돌아왔다. 약간은 분노 섞인 감정으로 그가 말했다.

"내게서 듣고 싶은 말이 무엇이오."

멀리 창밖의 마장기들을 응시하는 벤허 백작.

"저건 아무리 봐도 완벽한 마장기네. 오히려 알칸 제국의 그것보다도 훨씬 더 웅장하고 강력해 보이는군."

"······조롱이오?"

"조롱이 아니라 걱정이네. 그대의 소울레스가가 마장기의 완성도를 높이기 위해 연구를 거듭하려면 결국 베른가의 마정이 계속 필요할 테지. 하면 그대는 결국 왕국의 양 대공가 모두에게 종속당하는 꼴이네."

"……."

"귀족 세계에서 중립을 태도를 취하는 것이 얼마나 무모하고 위험한 짓인지는 그대도 모르지 않겠지. 어떤가? 그럼에도 그대는 베른가와 렌시아가를 모두 품을 수 있겠는가?"

와이립은 두 눈을 질끈 감을 수밖에 없었다.

주류에 밀려난 소울레스가가 양 대공가 사이에서 간을 본다?

그런 위험한 외줄 타기를 함부로 했다간 주류에서 밀려나는 것에 그칠 것이 아니라 아예 가문이 사라질 수도 있었다.

"우리가 서 있는 곳은 가벼운 판이 아니네. 국왕을 바꿔치기하는 도박판이지. 그리고 이 벤허는 그런 도박판의 패 따위 되지 않을 거라네."

꿀꺽 침을 삼키는 긱스 가주.

"벌써 입장을 정하셨다는 말씀이십니까?"

"물론."

와이립은 벤허 백작의 의중을 즉각적으로 헤아렸다.

남부 귀족들을 이끄는 실질적인 수장이 하이베른가의 권속을 자처한다면, 이 자리에 있는 귀족들은 모두 그와 뜻을 함께할 확률이 높았다.

"……보다 신중하십시오. 하이렌시아는 그리 호락호락한 가문이 아닙니다."

"여기서 그걸 모르는 이도 있나?"

"르마델에서의 모든 영향력을 잃는다면 그들은 틀림없이······!"

"알칸 제국을 끌어들이겠지."

"네?"

"예?"

와이립 공은 물론 남부의 귀족들 모두가 한결같이 당황하며 벤허 백작을 쳐다봤다.

"뭘 그리들 새삼스럽게 놀라나? 그들이 알칸 제국과 암암리에 붙어먹고 있다는 걸 모르는 사람도 있었나?"

"아, 아무리 그래도 적성국을 끌어들이는 일까지 벌일 리가······."

비릿하게 웃는 벤허 백작.

"그 적성국의 공주를 르마델의 왕비로 받아들이자고 주장한 자들이 누구였는지 벌써 잊었나?"

"······."

알칸 제국의 공주를 왕비로 받아들인 자들은 다름 아닌 하이렌시아가.

그 일로 그들은 알칸 제국과 르마델, 양국으로부터 막대한 정치적 이득을 얻었다.

모두가 침묵할 수밖에 없었다.

벤허 백작의 말대로라면, 어쩌면 지금 자신들의 판단이 왕국에 처절한 전쟁을 불러일으킬 수도 있는 일.

베나스 대륙의 실질적인 지배자인 알칸 제국과 전쟁을 벌인다는 말은 르마넬이 멸망을 각오한다는 말과 같았다.

왕국의 멸망.

그 엄청난 피의 대가 앞에서 귀족들의 정쟁이나 권력 따윈 무의미할 터.

하지만 이 일을 누구보다 잘 알고 있을 벤허 백작이 스스럼없이 판단을 내렸다는 것이 무엇보다 의문스러웠다.

긱스 가주가 조심스럽게 물었다.

"하이베른가가 알칸 제국까지 감당할 수 있을 거라고 보시는 겁니까?"

압도적인 규모의 영토와 경제력.

사십만의 기사단 병력과 수십여 명의 초인.

거기에 스무 기 이상의 마장기까지.

의심할 여지 따윈 주지 않는, 그야말로 베나스 대륙 최강의 패자 알칸 제국.

그런 거대한 제국을 일개 가문인 하이베른가가 감당한다는 것 자체가 어불성설일 것이다.

한데도 벤허 백작은 고민 따윈 없는 얼굴이었다.

"베른가 따위를 믿는 것이 아니네."

"그럼 무엇을⋯⋯?"

"대공자 루인."

초인 기사를 단신으로 물리친 마법 실력.

왕국의 현자들을 어린아이처럼 다루는 드높은 마도(魔道).

그가 보유한 마장기 군단.

천문학적인 규모의 마정.

하지만 과연 그것들이 대공자의 전부일까?

"지금까지 인류의 역사에 존재했던 모든 영웅과 위인들을 떠올려 보게."

그런 벤허 백작의 말에 모두가 깊은 생각에 잠긴다.

"이 정도 위업을 저 나이에 달성한 자를 나는 그 비슷한 예도 찾지 못했네. 그 위대한 '패왕 바스더'조차 그 유년 시절을 떠올리면 초라할 지경이더군."

패왕 바스더.

단신으로 제국을 일군, 그 위험한 악명만 아니었다면 인류 역사에 다시없을 영웅으로 남았을 자.

지금 벤허 백작은 하이베른가의 대공자를 그런 존재와 비교하고 있는 것이었다.

그때.

왜애애애애앵-

"웬 파리가?"

그렇게 남부의 귀족들이 의견을 모으고 있을 때 기묘한 호선을 그리던 파리 하나가 창밖으로 사라져 갔다.

Chapter, 56

침대에 앉아 있는 루인을 말없이 바라보고 있는 비셰울리
스.

다시 자신의 유희체인 '베리앙 다에송'으로 돌아온 그는 연
신 인상을 찡그리고 있었다.

'썩을…….'

현저히 낮아진 마력 활성 파장.

언제나 도도하게 굽이쳤던 용마력이 절반도 남아 있지 않
았다.

처참하게 박살 난 날개를 재생시키느라 5천 년을 고련해
온 용마력을 절반이나 날려 버린 것이다.

본래의 용마력을 회복하려면 적어도 백 년은 레어에서 동면만 해야 하는 암울한 상황.

이런 자신의 썩어 가는 속도 모르고 저 빌어먹을 인간 놈은 벌써 몇 시간째 태연하게 이미지만 하고 있었다.

"호오, 그래도 꽤 머리를 쓸 줄 아는 놈이 있었군."

게슴츠레한 눈으로 깨어난 루인이 입가에 기이한 미소를 머금고 있었다.

베리앙이 얼굴을 일그러뜨렸다.

"갑자기 그게 무슨 소리냐?"

"아. 언제 왔지? 미안하군. 몰랐어."

"……."

저 말을 곧이곧대로 믿는 건 그야말로 바보다.

마도사의 경지에 이른 놈이 감추지 않고 뿜어 대는 드래곤의 용마력을 느끼지 못할 리가 없을 테니까.

"왜 보자고 한 것이냐."

"왜긴? 슬슬 계획을 세워야지."

"계획?"

어깨와 팔을 이리저리 움직이던 루인이 예의 무심하게 베리앙을 바라봤다.

"테아마라스의 유적에 대해 아는 게 있다면 모두 말해 줘. 남김없이."

유적 원정에 앞서 루인을 괴롭히는 가장 큰 문제는 역시 정보의 부재.

오는 길에 현자 에기오스와 헤데이안 학부장에게도 테아마라스의 유적에 대해 물어봤지만 그들에게도 특기할 만한 정보는 얻지 못했다.

"각국의 마탑에서 꾸준히 탐험해 왔다면 내부 지도나 특이 가디언들의 도감, 아니 최소한 트랩의 종류나 분포 정도는 파악했을 텐데 말이지."

현자 에기오스는 고개만 절레절레 저을 뿐이었다. 학부장 역시 자신의 시선을 외면하며 한숨만 내쉬었었다.

"그딴 게 있을 리가 없다."

"응? 왜지?"

온갖 혐오로 얼룩져 있는 베리앙의 표정.

인간 문명의 위인으로 칭송받고 있는 테아마라스의 유적이었다.

한데도 저렇게 대놓고 불쾌감을 드러내고 있으니 루인은 금방 그 이유가 궁금했다.

"내부 지도나 트랩의 종류를 말할 수 없는 건 당연하다. 들어갈 때마다 모든 것이 바뀌니까."

"가 본 적이 있나?"

"가 보지는 않았다."

인상을 찡그리는 루인.

"가 본 적도 없으면서 확신하는 듯한 말투는 뭐냐."

"바보 같은. 나는 백 년 이상 이 르마델의 마탑주로 살아왔다."

비셰울리스의 유희체인 대현자 베리앙.

대현자 베리앙은 르마델의 마탑을 북부 대륙 최고의 마탑으로 키워 낸 전설적인 마도사였다.

그는 인간의 마법 문명을 가장 잘 이해하고 있는 드래곤들 중 하나였다.

"매번 유적 탐험대를 꾸리는 것 또한 마탑주의 임무 중 하나지."

그제야 천천히 고개를 끄덕이던 루인이 두 눈을 반짝였다.

"매번 바뀐다는 건 무슨 의미지?"

"가변세계."

"뭐?"

가변세계(可變世界).

대마도사로 살아온 루인이기에 그 위험하고 추상적인 개념을 모르는 것은 아니었다.

하지만 그건 인간의 상상, 학문적 추론의 영역.

가변세계는 창조자의 실수이자 모든 세계가 섞이는 틈이다.

모든 차원이 섞이는, 그런 상상 속의 공간을 인간이 인위적으로 만들어 내는 건 결코 불가능했다.

루인은 이해할 수 없었다.

그런 미지의 세계가 존재한다는 것도, 그런 곳이 테아마라스의 유적이라 불리는 것도.

"그럼 애초에 테아마라스의 유적 같은 게 아니란 뜻인가?"

"그의 유적이란 말 자체는 틀린 게 아니다. 그가 최초의 발견자니까."

"최초의 발견자?"

가변세계를 발견한 최초의 마법사.

그 말에 루인은 왠지 모를 기이한 기시감을 느끼고 있었다.

"최초의 발견자이자 그곳에서 가장 많은 것을 얻어 낸 인간으로 추정되지. 어쩌면 세계의 이면에 숨겨진 진실을 경험한 유일한 인간일지도 모른다."

진실을 경험한 유일한 인간.

그 말에 루인은 왠지 가슴이 철렁 내려앉는 기분이 들었다.

악제.

평범한 인간들과는 전혀 다른 사고로 삶을 살아가던 악마.

어쩌면 이번 기회에 그런 악제의 이면을 관찰할 수 있을지도 모른다는 생각이 들었다.

"넌 왜 가 보지 않았지?"

베리앙은 가변세계를 직접 경험한 것처럼 말하는 것이 아니라 관찰자의 시점으로만 설명하고 있었다.

그곳이 차원이 섞이는 틈이라면 왕성한 호기심을 자랑하는 드래곤 일족이 탐험해 보지 않았을 리가 없었다.

"그곳의 출입은 인간만이 가능하다."

베리앙의 말을 듣는 순간 루인의 표정이 경직됐다.

치밀한 사고로 무장된 대마도사답게, 그 가변세계라는 것이 테아마라스의 유적이라 불리는 이유를 즉각적으로 유추해 낸 것이다.

"설마 지금까지 그곳의 정보를 그런 식으로 모아 왔나?"

유적을 탐험하는 것을 일생의 명예로 여기는 마법사들.

그런 마법사들을 수도 없이 희생시켜 가변세계의 정보를 모으는 것.

테아마라스의 지혜를 얻으려는 마법사들의 욕망을 이용해, 오랜 세월 저열한 호기심을 채워 온 집단이 드래곤이라면 결코 용서할 수 없었다.

"뭐라는 거냐 인간. 설마 우리 위대한 일족이 그따위 짓을 해 왔다고 생각하는 거냐?"

"그럼……?"

"각국의 마탑이다. 알다시피 마탑은 왕실의 명령을 충실히 수행하지."

나직이 입술을 깨무는 루인.

"테아마라스의 유적, 아니 가변세계에서 얻은 정보는 모든 왕국들의 철저한 기밀로 보호된다."

그제야 현자 에기오스와 학부장 헤데이안이 자신에게 별다른 정보를 내어 주지 않은 이유를 깨달은 루인이었다.

"그리고 알칸(Al-Khan)은 그런 가변세계에서 가장 많은 것을 얻어 낸 국가이지."

순간.

루인의 뇌리 속에 하나의 상념이 스치듯 지나갔다.

온몸에 치미는 전율.

"마장기……?"

마장기를 탄생시킨 최초의 국가 알칸 제국.

베리앙이 알 듯 모를 듯한 미소로 웃었다.

"르마델은? 전통적인 기사의 왕국이 갑자기 공중도시 에어라인을 어떻게 만든 거지? 이 왕국에 기계 공학과 마도 공학이라 불릴 만한 저변이 존재한 적이 있었나?"

최근 오백 년 동안 인간 문명의 발전 속도는 기이할 정도로 빨랐다.

대마도사로 살아온 시절, 루인도 그런 미스터리한 베나스대륙의 발전 속도에 늘 의문을 가졌었다.

마침내 그 해답을 오늘로써 알게 된 것이다.

"……."

놀라움과 충격으로 한동안 말문을 잇지 못하는 루인.

가변세계.

인류의 문명을 몇 단계나 도약시킬 수 있는 초월적인 지혜의

보고(寶庫).

그러나 도저히 이해가 되지 않는다.

인간 문명의 최후를 책임지고 있던 인류 연합은 대체 왜 그런 가변세계의 존재조차 몰랐을까?

가변세계의 존재가 아무리 왕국들의 공통 기밀이었다고 해도, 인류 연합에는 각국의 살아남은 왕족들로 바글바글했다.

철저하게 정보를 모아 온 대마도사가 몰랐다는 건, 그 당시 아무도 몰랐다는 말과 같은 뜻.

"쟈이로벨. 너도 몰랐나?"

루인을 회복시킨 후 기진맥진한 상태로 회복하고 있던 쟈이로벨이 힘겹게 말문을 열었다.

-알고 있었다면 미리 네놈에게 말했겠지. 하지만 왠지 꺼림칙하군.

"왜?"

-그 정도로 세계의 균형을 깨뜨리는 장소가 존재했다면 '존재'들이 결코 방관할 리가 없으니까. 게다가 창조신이 관여할 확률도 있다.

"창조신?"

생각해 보니 그럴 만도 했다.

세계가 섞이는 혼돈의 공간이 발생했다면, 그건 창조자의 실수 정도가 아니라 재앙에 가까운 일.

-어쩐지…… 그래서 인간의 지혜가 아닌 듯한 생각이 들었던 게로군.

진네옴 투드라를 완성하기 전.

한창 인간의 마장기를 연구하고 있을 때 쟈이로벨은 몇 번이나 전율에 휩싸였다.

마장기에 담겨 있는 마도 공학의 첨단은 마신의 드높은 지혜로도 짙은 패배감에 휩싸일 정도로 압도적인 것.

"지금 누구랑 대화하고 있는 것이냐?"

"아, 미리 설명하지 못했군."

루인이 알 듯 모를 듯이 웃고 있을 때, 보랏빛 귀기와 함께 쟈이로벨의 강림체가 루인의 머리로부터 뿜어져 나왔다.

〈건방진 용의 일족을 보는 건 오랜만이군.〉

사방으로 넘실거리는 자줏빛 기운.

검붉은 피로 얼룩진 마(魔)의 형상이 괴기스럽게 웃고 있었다.

잔혹하고 소름 돋는 쟈이로벨을 마주한 베리앙은 선 채로 굳어 버렸다.

"마계 존재……?"

본체의 십분의 일의 위력도 발휘할 수 없는 마계 존재의 강림체.

한데도 그런 강림체에서 뿜어져 나오는 진마력의 파장이 추측할 수 없을 정도로 넓고 깊었다.

대체 본체의 경지는 어느 정도나 되길래?

〈본 마신은 쟈이로벨이다.〉

그 순간 베리앙은 전율했다.

모체(母體)로부터 전승받은 오래된 기억.

헤슬링 시절 고귀한 현룡(賢龍) 카벨라우스로부터 들었던, 극도로 위험한 마계 존재들의 면면이 떠오른 것이다.

수만 년을 살아온 혈우 지대의 잔혹한 군주, 쟈이로벨.

그 흉포한 이름 앞에서 베리앙은 초긴장 상태에 돌입했다.

"어, 어, 어떻게! 마신이 인간의 틈에……!"

마신은 마왕이나 마장과는 격이 다른 존재.

그야말로 신(神).

굳이 인간의 영혼과 감정을 섭식할 필요가 없는, 그 자체로 완전무결한 존재들이었다.

그런 초월적인 존재가 마왕들이나 하는 것처럼 인간의 영혼을 탐내고 있다니?

"아 이 녀석에겐 말 못 할 사정이 좀 있어서 말이지."

"마, 말 못 할 사정?"

무심하게 쟈이로벨을 응시하는 루인.

"말해 줘도 돼?"

〈시끄럽다.〉

표독스럽게 쏘아보는 쟈이로벨.

처참하게 날개를 뜯기며 패배한, 혈우 지대를 절반이나 빼앗긴 과거를 굳이 드래곤 따위에게 드러내긴 싫었다.

전성기의 경지를 회복하기 위해, 구차하게 인간들의 생명력을 갈취해 온 일을 어떻게 드래곤 따위에게 말할 수 있단 말인가.

〈궁금한 것이 있다. 용의 일족.〉

여전히 긴장을 풀지 못하는 베리앙이 강렬한 눈빛으로 쟈이로벨을 노려본다.

"마, 말하라!"

한껏 드러난 적개심.

고대로부터 마족과 드래곤들은 철천지원수 사이.

〈그 가변세계라는 곳. 인간 이외의 존재는 들어갈 수 없다는 말의 정확한 의미가 뭐지?〉

"이, 입장하는 즉시 거부당한다!"

〈거부? 그곳에 어떤 의지를 지닌 존재가 있나?〉

"난 가 보지 않았기에 정확히는 모른다! 다만 무시하고 탐험을 강행한 몇몇 일족들이 모조리 소멸당했다!"

〈소멸(消滅)? 용의 일족이?〉

"그렇다!"

쟈이로벨은 한동안 침묵했다.

드래곤이 어떤 저항도 해 보지 못하고 소멸당할 정도라면 가변세계의 율(律)과 법칙을 관장하는 미지의 존재는 대체 어느 정도의 괴물이라는 건가.

살벌한 마계에서 산전수전을 겪으며 살아온 쟈이로벨은 결코 불확실한 미래에 도박을 걸지 않았다.

다시 루인을 쳐다보는 쟈이로벨.

〈이번 원정에서 나는 남겠다.〉

루인이 인상을 찡그린다.

"안식할 영혼도 없이 남겠다고? 진마력의 소모가 감당이
안 될 텐데?"

〈안식할 영혼이 없긴 왜 없느냐.〉

괴기스럽게 웃던 쟈이로벨이 창밖의 연무장을 바라보고
있었다.

그곳엔 검성 윌켄이 있었다.

"또 무슨 개수작이지?"

〈그편이 네게도 더 안심일 텐데? 심어 놓은 청염이 사라
졌다는 것을 알게 되면 악제 놈이 가만히 있을 것 같으냐?〉

"흐음……."

하긴 그것도 그랬다.

언제 악제의 마수가 뻗어 올지 모르는 상황에서 아무런 대
비도 없이 가문을 비울 수는 없으니까.

한데 그때, 하나의 사실이 루인의 뇌리를 관통했다.

"가만? 그러고 보니 너도?"

인간 외에는 통과할 수 없는 가변세계.

애초에 드래곤인 베리앙은 이번 원정에 참여할 수 없는 존재인 것이다.

"내, 내가 처음부터 안 된다고 하지 않았느냐?"

처참하게 일그러지는 루인의 표정.

하면 대체 저 무식한 백룡 놈과 대결은 왜 한 것이란 말인가.

지금도 몸이 산 채로 으스러지는 듯한 고통이 물밀듯이 밀려온다.

이내 걸쭉한 루인의 욕설이 튀어나왔다.

"젠장!"

텅 빈 동공으로 한참을 서 있던 베리앙이 돌아간 후.

다시 루인의 영혼으로 돌아간 쟈이로벨의 퉁명스러운 영언이 들려왔다.

-혼란과 의문을 참을 수 없는 네 심정을 모르는 것은 아니나 그 테아마라스의 유적이라는 곳, 차라리 가지 않는 것을 추천한다.

루인은 쟈이로벨이 무슨 의도로 말하는지를 선명하게 알고 있었다.

입장이 달랐다면 자신도 똑같이 조언했을 테니까.

가변세계는 인간이 탐구해 온 모든 법칙이 무시되는 위험천만한 곳.

쟈이로벨과 수만 년을 함께 지냈던 공허(空虛)만큼이나 미지의 세계였다.

-온갖 불확실한 가변으로 가득한 미지의 차원. 최악의 경우, 네 존재 자체가 유리화될 수 있다.

영혼을 지닌 생명체에게 가장 무서운 형벌.

영혼유리(靈魂遊離).

처음부터 없었던 존재처럼, 모든 세계와 차원에서 존재력이 사라지는 기현상.

만약 그런 상황이 벌어지면 모든 게 끝장이었다.

베나스 대륙의 인간들을 지켜 내겠다는 자신의 목표도, 죽어 간 동료들의 희망도 모조리 물거품이 되는 것이다.

더욱 고심에 잠기는 루인.

"그건 너무 극단적인 가정이다. 물론 가장 최악의 상황을 가정하며 움직이는 건 옳지만 그런 식으로는 아무것도 해결되지 않아."

-바보 같은 놈. 세계의 법칙이 작동하지 않는 가변세계가 무엇을 의미하는지 정말 모르겠느냐?

"안다. 내 마도적 역량이 그곳에선 모조리 무용지물이 될 수도 있다는 거."

-그걸 아는 놈이……!

마력이라는 힘 자체가 구현되지 않는 세계일 수도 있었다.

만약 가변세계가 그런 곳이라면 대마도사의 역량이 모조리 사라진 채로 미지의 위험을 맞이해야만 했다.

"하지만 살아서 돌아온 사람들이 있잖아?"

순간 루인은 지금까지 자신의 가문이 마탑의 탐험대를 지원해 왔다는 사실을 떠올렸다.

그대로 벌떡 일어난 루인이 곧장 하이베른가의 가주실로 향했다.

◆ ◈ ◆

"테아마라스의 유적에서 살아남은 탐험대의 기사들 중에서 생존자가 있습니까?"

고아하게 펜대를 굴리고 있던 카젠이 이글거리는 루인의

두 눈을 차분하게 응시했다.

"있다."

"그게 누굽니까?"

피식 웃는 카젠.

"네 옆에 서 있지 않느냐."

"예?"

친위 기사 유카인을 향해 천천히 시선을 옮기는 루인.

"유카인 삼촌이……?"

유카인은 그 옛날 왕실의 궁정 마법사들과 똑같은 눈빛을 하고 있는 루인을 담담히 바라보고 있었다.

"증언을 요구하시는 거라면 할 수 없습니다."

루인은 한껏 당황하는 눈치였다.

"……왜입니까?"

"기억나는 것이 없기 때문입니다."

"예?"

가변세계에서 온갖 처절한 사투를 겪고 생환했다면 반드시 엄청난 사연들로 얼룩진 경험을 안고 왔을 터.

하지만 유카인은 결코 거짓을 입에 담지 않는 강직한 기사였다.

그런 유카인이 기억할 수 없다고 말한다면 정말로 그의 기억 속에 테아마라스의 유적이 존재하지 않는 것이다.

"……그건 말이 안 됩니다. 분명 탐험을 시도했던 마법사들

중에서 초월적인 지혜를 얻고 나온 이들이 있다고 들었습니다. 한데 어떻게……."

"제가 아는 한, 기억을 잃지 않고 온전히 생환한 생존자는 단 한 명도 없습니다."

그럼 대체 마도 공학 결정체, 마장기를 창조해 낸 알칸 제국과 에어라인을 탄생시킨 르마델은 무엇이란 말인가?

"하지만 생환 당시 그곳에서 얻은 물건들은 그대로 남아 있었지요."

"물건이라면……?"

"과거, 탐험대를 이끈 마법사 하나가 허공을 자유자재로 부유하는 작은 배를 가져왔었습니다."

순간적으로 루인은 깨달았다.

허공을 날았던 그 신비한 배가, 르마델 왕국이 얻은 초월적인 마도 공학의 원천이라는 것을.

분명 왕국의 모든 마도학자들이 연구에 매달렸을 것이다.

그것이 아니라면 에어라인의 탄생은 설명될 수가 없었다.

"유카인 삼촌은 무얼 가지고 나왔습니까?"

루인의 질문에 말없이 갑주를 벗는 유카인.

"그러지 않아도 되네. 유카인."

"아닙니다. 대공자님께서 원하시는데."

곧이어 루인의 얼굴이 처참하게 일그러졌다.

유카인의 육중한 상체 곳곳에서 드러난 상처.

마치 살을 통째로 뜯긴 듯한, 도저히 살아 있음을 믿기 힘들 정도의 처참한 상흔들이 유카인의 온몸에 새겨져 있었다.

"제가 그곳에서 얻은 건 이 흔적들뿐입니다."

"어떻게……."

대체 어떤 존재와 전투를 벌였길래 아문 상처가 이 정도란 말인가?

유카인은 씁쓸하게 웃고 말았다.

"당시의 궁정 마법사들이 그러더군요. 당신의 생환은 기적이라고."

루인이 도저히 계속 바라볼 수 없어 고개를 돌렸을 때, 유카인이 다시 담담하게 갑주를 하나둘씩 걸쳤다.

"하지만 설명되지 않는 것이 하나 있습니다."

"무얼 말이냐?"

"테아마라스의 유적에서 살아남은 마법사들은 반드시 고위 마법사나 현자가 된다고 들었습니다. 그건 그곳에서 마법적 지혜를 얻었다는 뜻이 아닙니까?"

"생도들 사이의 소문이군."

카젠은 웃고 있었다.

루인은 그런 아버지의 미소를 이해할 수 없다는 표정으로 바라보고 있었다.

"대공자가 국왕이라면 허공을 부유하는 미지의 배를 가져와 에어라인을 탄생시킨 탐험대원들을 어떻게 대하겠느냐?"

"아……."

"그렇다 대공자. 그들은 평생 동안 마탑의 전폭적인 지원을 받게 된다. 왕국 역시 막대한 부(富)와 명예, 작위를 하사하지. 그런 이상적인 환경에서 고위 마법사가 되지 않는 것이 오히려 더 이상하지 않겠느냐?"

그제야 르마델 왕국의 치밀한 계획을 읽어 낸 루인.

막대한 부와 명예, 권력과 작위가 보장된 삶.

후배 생도들은 그런 선배들을 동경하며 끝없이 테아마라스의 유적을 탐험하려 드는 불나방이 될 것이다.

아마도 대부분의 국가에서 이런 체계를 치밀하게 유지하고 있을 터.

잠시 생각을 정리하던 루인이 갑주를 모두 갖춘 유카인을 바라보다 카젠에게 말했다.

"시도해 볼 만한 것이 있습니다."

"어떤 시도를 말이냐."

스스스스스-

차분하게 허공으로 나아가는 루인의 수인(手印).

그런 대마도사의 고아한 손동작이 얽힐 때마다, 기하학적 도형이 수도 없이 맺히며 미지의 술식으로 완성됐다.

염동력을 치밀하게 드리운 채로 주문을 움켜쥔 루인이 다시 카젠을 바라봤다.

"인간의 의식과 기억은 결코 자연적으로 소멸하는 법이 없

습니다. 유카인 삼촌의 기억이 사라진 본질적인 이유를 찾고
자 합니다."

"뭐라……?"

"연상되지 않는 기억이라고 해도 잠재의식 속에는 반드시
존재할 수밖에 없습니다. 허락하여 주십시오."

카젠은 황당하기 짝이 없었다.

설마 지금 유카인의 정신과 기억을 들여다보겠다고 말하
고 있는 건가?

"마법으로 그런 일도 가능하단 말이냐?"

"인간 내면의 기저(基底)를 완벽하게 파악 가능한 마법이
란 존재하지 않습니다. 다만 일정한 기억이 어떤 현상 때문에
억압되고 있는지를 파악하는 것, 그리고 간헐적인 편린이나
의식의 패턴을 들여다보는 수준은 가능합니다."

"부작용은?"

"……조금 고통스러울 겁니다. 아니 제법 많이요."

카젠이 말없이 유카인을 바라본다.

유카인은 그답게 웃고 있었다.

"그동안 누구보다 답답했던 사람은 다름 아닌 접니다. 대
공자님의 말씀이 사실이라면 저도 알고 싶군요."

뿌득.

"내 몸을 걸레짝처럼 만들어 놓은 놈이 과연 어떤 놈인지
를."

루인이 말없이 유카인을 향해 다가갔다.

이내 유카인의 단단한 머리를 움켜쥐자.

염동으로 얽혀 있던 미지의 술식이 그대로 유카인의 정신을 휘감는다.

마호 아트메아트라(ᴀ𝕙ᴀ ᴡᴏʏӜ𝕓ꜰᴏʏꙍ).

정신 구속진 아트메아타를 훨씬 상회하는, 쟈이로벨이 보유한 최강의 정신계 마법.

쟈이로벨은 이 압도적인 권능을 활용해 수많은 상대측 마왕들의 입을 열게 만들었다.

융합 마력이 썰물처럼 빠져나간다.

촉수처럼 드리워진 검은 기운.

그렇게 마호 아트메아트라의 마력회로가 촘촘히 얽혀 가자, 유카인의 두 눈이 새하얀 흰자를 드러내기 시작했다.

"끄으으으……."

"정신을 잃으면 안 됩니다! 유카인 삼촌!"

"끄아아아아……!"

그런 유카인의 처절한 신음이 카젠의 귓가에 비수처럼 꽂혔다.

"위험해지면 당장 멈춰야만 할 것이다 대공자!"

악착같이 이를 깨물며 눈을 감는 루인.

정신이 해체될 듯한 고통을 유카인은 제법 잘 견뎌 주고 있었다.

이제 다음 과정은 정신 개방.

마호 아트메아트라의 술식 전개 과정 중에서 가장 중요한
순간이 바로 지금.

츠츠츠츠츠츠-

시커먼 촉수와 같이 드리워진 술식의 기운이 유카인의 머
리를 완벽하게 휘감았다.

개방된 정신의 통로로 천천히 밀려오는 유카인의 기억.

허나.

콰아아아아아아앙-

마치 수천, 수만 개의 폭발음이 동시에 들려오는 듯한, 그
야말로 상상할 수 없는 극한의 굉음이 루인의 머릿속을 집어
삼킨다.

무언가 압도적인 존재감의 벽.

인간의 어떤 언어적 수사로도 표현할 수 없는 뭔가가 정신
의 통로를 우악스럽게 막고 있었다.

거대한 공포를 마주한 것처럼 벌벌 떨고 있는 루인.

대마도사의 강고한 정신 방벽이 이렇게 손쉽게 무너지는
경험은 이번이 처음이었다.

"……!"

찢어질 듯 부릅뜬 눈으로 깨어난 루인.

"ʜʌɛȝ ɨθv̆ oyȝ̆ʜ₥……!"

"……ççȝoyӂ ӝθθɪɕʜ ѡçʜv̆!"

루인의 잇새에서 처절한 언령이 쉴 새 없이 토해진다.

대마도사의 정신을 아무런 저항 없이 잠식하고 있는, 도저히 말로 설명할 수 없는 전율적인 현상.

할 수 있는 건 그저 악착같이 영혼 차폐술 아트바흐토라(Ⴠoyжψςгⱬҍ)로 막아 내는 것뿐이었다.

-돕겠다!

-저도 힘을 보태겠습니다! 군주님!

참으로 다행스러운 건, 혈우 지대의 위대한 군주 쟈이로벨과 벌레왕 아므카토가 루인의 영혼 속에 기생하고 있다는 것.

강대한 마계의 영혼들!

마계 존재의 격(格)을 남김없이 드러낸 쟈이로벨과 아므카토가 합세하자, 루인의 아트바흐토라가 수십 배로 강력해진다.

융합 마력이 남김없이 사라졌다.

그러나 엄청난 영혼의 격을 지닌 세 존재가 힘을 합쳐 재생한 아트바흐토라.

그 끔찍하고 치밀한 기운을 기어코 떨쳐 낸 것이다.

"허억…… 허억……!"

끔찍한 공포로 얼룩져 있는 루인의 얼굴.

그런 아들의 표정을 한 번도 본 적이 없었기에 카젠이 벼락같이 루인에게 달려갔다.

"대체 무슨 일이냐!"

도저히 믿을 수가 없었다.

지난 생.

악제의 사념이 자신의 정신을 침범했을 때도 이 정도로 끔찍하진 않았다.

대체 대마도사인 자신에게조차 무한한 공포를 불러일으키는 이 거대한 힘은 뭐지?

-아직도 모르겠느냐!

'뭐?'

-이건 율이다!

율(律).

세계를 관통하는 모든 법칙과 체계를 일컫는 단어.

루인이 쓰러져 신음하는 유카인을 홀린 듯한 눈으로 바라보고 있었다.

지금 저 유카인 삼촌의 기억을 소멸시킨 강대한 힘이 세계의 인과율이라고?

그 순간 루인에게 거대한 깨달음이 몰아쳤다.

자신이 아는 한 세계의 인과율에서 벗어난 유일한 존재인 악제(惡帝).

그리고 가변세계에서 가장 많은 것을 얻어 낸 존재.

악제, 아니 테아마라스는 기억을 잃지 않았을 것이다.

그는 분명 가변세계에서의 모든 것을 기억하고 있을 것이다.

전생에서는 도저히 설명되지 않던 악제의 미지(未知)가.

게슴츠레 눈꺼풀을 드러내고 있었다.

이른 아침부터 모여 하이베른가의 대공자를 기다리고 있는 남부의 귀족들.

녹아 흘렀던 용암들을 모두 치우긴 했지만, 아직 대공자의 별장 곳곳에는 성토를 위에 쌓아 둔 흙더미들로 가득했다.

호수 정원의 흔적조차 찾을 수 없는, 거의 공사장 수준의 벌판이었다.

귀족들은 대공자가 굳이 이런 곳으로 자신들을 불러 모은 이유를 알 수 없었다.

눈알만 요리조리 굴리던 긱스 가주가 조심스럽게 벤허 백작을 불렀다.

"설마…… 아니겠지요?"

"무얼 말인가?"

한창 복구 중인 대공자의 별장에 도착하니 아침에 찾아왔던 하인들의 조언이 떠오르지 않을 수가 없었다.

"최대한 편안한 복장을 입고 오라는 뜻이 혹시……?"

헤럴드 공이 식은땀을 흘리며 고개를 도리질했다.

"그럴 리가 있겠소? 아무리 그래도 우린…….”

"괜한 상상은 하지 말게. 무슨 다른 이유가 있겠지."

이 나라의 권력 중추를 독식하고 있는 남부의 대귀족들.

아무리 대공가라고 해도 이런 고귀한 귀족들에게 설마하니 막노동을 시킬 리가?

한데 그때, 저 멀리서 하이베른가의 대공자가 점점 다가오고 있었다.

자신들과 비슷한 느낌의 평상복.

한데 그를 조심스럽게 따라 걷고 있는 하인들의 소지품이 심상치 않았다.

대체 저 많은 삽자루와 곡괭이들은 왜 어깨에 메고?

쪼르르 달려온 하녀 하나가 자신들에게 조심스럽게 수건을 나눠 준다.

이쯤 되면 의심이 아니라 확신이었다.

남부의 귀족들은 암묵적으로 자신들을 대표하고 있는 벤허 백작을 향해 하나같이 구원의 눈빛을 보내고 있었다.

"배, 백작님!"

"이, 이건 아닌 것 같습니다!"

모두가 극도로 당황한 표정.

하지만 벤허 백작이라고 다를까?

그 역시 아무런 마음의 준비도 되지 않은 건 똑같았다.

이내 다른 하인들이 다가와 곡괭이와 삽자루들을 나눠 줬고.

남부의 귀족들은 수건과 삽자루를 받아 든 채로 멍하니 루인을 바라보고 있었다.

벌써 흙더미에 다가가 한 삽을 뜨고 있는 루인.

푹!

"좋은 아침입니다. 그런데 뭣들 하십니까?"

"예?"

"아니……."

여기 모인 귀족들은 세수도 스스로 하지 않는 자들.

매일 자신의 몸을 씻는 것조차 하인들의 시중을 받아 온 대귀족들에게 막노동이란 그야말로 상상조차 할 수 없는 것이었다.

"설마 이런 일을 한 번도 해 보지 않은 건 아니겠지요?"

"그, 그건……."

"한 번도 땀을 흘려 보지 않은 자가 어떻게 아랫사람들에게 땀을 흘리라고 강요할 수 있겠습니까. 저는 그런 인간들을 경멸합니다."

매서운 루인의 눈빛을 마주한 귀족들.

놀랍게도 가장 먼저 첫 삽을 뜬 이는 벤허 백작이었다.

"배, 백작님!"

벤허 백작마저 삽질을 시작한 마당에 계속 허리만 펴고 있을 수는 없는 일.

이내 복구 중인 대공자의 별장이 분주해지기 시작했다.

"흡!"

"크흑!"

여기저기서 들려오는 비명.

제대로 몸을 써 본 게 언제인지 기억도 나지 않는 사람들이 갑자기 몸을 쓰니 몸에 무리가 가지 않을 수가 없는 것이다.

조소를 머금고 있던 루인이 다시 바삐 삽질을 하기 시작했다.

루인은 달랐다.

일정하게 유지되는 호흡, 군더더기 없는 동작, 리드미컬한 박자감까지.

무슨 기계처럼, 한 치의 흐트러짐도 없이 삽질을 반복하는 루인은 마치 노련한 노동자를 방불케 했다.

그렇게 세 시간이 흘렀다.

루인이 삽으로 치운 흙더미의 양은 남부 귀족들의 그것보다 두 배는 더 많아 보였다.

반면 연신 숨을 헐떡이며 쉬고 있거나 현기증에 혼절한 귀족들은 부지기수.

땅에 삽을 꽂아 넣은 루인이 사방에 퍼질러 앉아 있는 귀족들을 무심히 응시했다.

"이거 실망이군요."

남부의 귀족들은 망연자실한 표정으로 루인을 올려다보고 있었다.

어느덧 상의를 탈의한 루인.

그것은 같은 남자가 보기에도 눈이 부실 정도의 육체였다.

조각같이 선명한 근육선.

일체의 불필요한 지방을 허락하지 않는 지독한 단련의 흔적.

마법사인 대공자가 어찌 수준 높은 기사에 버금가는 몸을 지니고 있단 말인가.

"아무리 강력한 수사자라고 해도 암컷들이 물어 오는 사냥감에 익숙해져 버린다면 우두머리 자리를 잃게 되지요."

루인의 입매가 지독한 비웃음을 그려 냈다.

"사냥하는 법을 잊어버린 사자는 더 이상 맹수가 아닌 법. 인간이든 짐승이든 수컷의 야성(野性)을 잃어버린다면 도태되는 건 매한가지입니다."

귀족들의 반응은 각양각색이었다.

꽉 쥔 주먹으로 입술을 씹는 이.

시선을 외면하며 부끄러움을 숨기는 이.

하지만 벤허 백작의 반응만큼은 달랐다.

"인간이 금수(禽獸)와 구분되는 건 지성을 지니고 있다는 것이오. 지성의 우위에 있는 자가 지배자의 위치에 서 온 것이 인간 문명의 역사. 이를 외면하고 야만으로 되돌아가자는 주장을 하시니 당혹스럽구려."

루인의 무심한 눈빛이 벤허 백작의 시선과 얽힌다.

틀린 말은 아니다.

전사 열 명을 감당할 수 있는 용사보다 부족의 족장이 더 존경을 받아 온 것이 인간의 역사.

전사는 기후를 예측하여 풍작을 일궈 낼 수가 없다.

부족을 풍요로 이끄는 힘은 족장의 경험과 지혜.

전사가 만들 수 있는 풍요라고 해 봐야 기껏 빼앗아 오는 것만이 전부다.

하지만.

"바보 같은."

루인의 진득한 비웃음.

곧 대공자의 감정 없는 음성이 잔잔히 울려 퍼진다.

"지금 이 시간부로 본 가의 2만 기사단과 마장기 셋, 에이션트 드래곤을 남부로 급파하지. 목적은 대규모 영지 병합. 렌시아가와 긴밀한 관계에 있는 모든 남부 귀족들을 쓸어버릴 것이다."

"뭐, 뭐라!"

"그, 그게 무슨 말씀이십니까!"

눈에 띄게 동요하고 있는 남부의 귀족들.

루인이 비웃음이 더욱 진해졌다.

"이 영지전에서 당신들은 무얼 할 수 있지?"

"……!"

모든 남부 귀족들의 머릿속에 떠오른 하나의 가문.

자신들의 위험한 상황을 타개해 줄 유일한 가문은 바로 하이렌시아였다.

"아직도 모르겠나?"

벤허 백작이 입술을 깨물었다.

"도대체 뭘 말씀하시고 싶은 거요."

"그대들이 저지른 실수."

"실수……?"

루인이 스스럼없이 수인을 맺자 희미한 잔상이 허공에 맺히더니 이내 바닥에 꽂혔다.

파파파팟!

루인의 마력이 땅에 그린 건 남부의 지도였다.

이내 그의 무심한 시선이 남부의 최하단, 하이렌시아가 부근에서 멈췄다.

"렌시아가가 흘려주는 단물에 취해 그대들은 유사시라는 것을 잊어버렸다. 교활한 렌시아 놈들은 천천히, 자연스럽게 남부의 기사들을 모두 흡수했지."

"그건……!"

벤허 백작이 뭐라 말하기도 전에 루인이 먼저 입을 열었다.

"그대들의 현실을 보라. 기사 병력은커녕 춘궁기 토벌단도 자체적으로 꾸리지 못해 렌시아가에 지원을 요청하는 게 그대들이다. 렌시아가가 갖은 핑계로 거부한다면 엄청난 비용으로 용병대를 고용해야 하지. 그리고 알다시피 얼마 전부터 중부 용병대들은 우리 하이베른가의 통제 아래 들어왔다."

남부 귀족들의 얼굴이 점점 굳어지고 있을 때, 다시 예의 차가운 루인의 목소리가 흘러나왔다.

"그대들은 왕국에 야만이 도래했을 때를 대비하지 않았다. 경험 많은 족장도 자신을 지킬 전사가 없다면 죽을 수밖에 없는 것과 같은 이치지."

벤허 백작을 쳐다보는 루인.

"왜 그랬을까? 그대들도 그 나름대로의 역사와 전통을 지닌 귀족들인데 말이지."

한동안 침묵하던 벤허 백작이 천천히 고개를 들어 루인을 올려다보았다.

"한 번도. 단 한 번도 하이렌시아를 적이라고 생각하지 않았기 때문이오."

"정답."

알칸 제국과의 전쟁을 수차례나 막아 낸 하이렌시아가야말로 남부와 왕국을 지키는 검이었다.

그래서 모든 기사 병력들이 하이렌시아가에 흡수되어도 왕국 아니 남부를 위한 길이라고 믿을 수밖에 없었다.

어쨌든 제국과 맞닿은 전선을 수비하는 건 그들이었으니까.

"이제야 대공자께서 뭘 말씀하고 싶은지를 깨달았소."

하이렌시아가 외에는 자신들을 위협할 만한 상대가 없다고 판단해 온 것.

그리고 그런 하이렌시아가 남부를 통합하려 들 수도 있다는 판단을 한 번도 해 보지 않았다는 것.

대공자가 갑자기 영지 전쟁을 벌이겠다고 선포하자 앞이 캄캄했던 이유를 그제야 다른 귀족들도 모두 깨닫고 있었다.

야성을 잊은 맹수.

한 치의 빈틈도 없는, 꽉 찬 근육으로 가득한 대공자의 상체가 유난히 눈부시게 다가온다.

"난 그대들에게 필요할 때마다 기사 병력을 내어 주며 길들이는 짓 따위는 하지 않겠다."

그건 저들이 맞이하는 또 다른 하이렌시아가.

루인이 진정으로 바라는 건 그런 종속 관계 따위가 아니었다.

"우린 모두가 강해질 것이다. 함께 야만을 대비할 것이다. 그것이 내가 그대들에게 요구하는 결속의 방식이다."

두근.

"서로에게 필요한 존재. 함께하면 이득이 되는 사이. 좋아 보이지. 그러나 그런 관계는 시간이 지날수록 희미해진다. 대를 거듭하면 결혼 동맹이 무색해지고, 다른 값싼 구입처가 생긴다면 거래 관계는 끊긴다. 사람이니까. 이득의 관계니까."

"……."

"하지만 결의(決意)는 변하지 않는다. 등을 맞대고 함께 적을 물리친 경험은 잊히지 않는다. 목말라 죽어 갈 때 자신의 물을 내어 주던 동료, 불에 탄 동료를 끌어안고 함께 울던 목소리는 아무리 시간이 흘러도 잊을 수가 없다."

무릎을 굽혀 귀족들과 시선을 맞추는 루인.

"야만의 때가 도래하면 하이베른가는 그대들과 함께 피를 흘리겠다. 단—"

씨익.

"그대들이 지킬 만한 가치가 있다는 걸 보여 준다면."

모두가 멍하니 루인을 바라보고 있었다.

하이렌시아가의 어떤 귀족도 하지 않았던 말.

함께 피를 흘리자는 결의(決意).

단순하고 직설적이지만 그 어떤 고아한 낱말보다 가슴을 울려 온다.

"우리가 무얼 하면 되겠소."

벤허 백작의 물음에 루인이 태연하게 웃었다.

"힘을 길러라. 사자와 등을 맞댈 가치가 있는 가문이 되어라."

"……역시 우리 모두를 봉신가로 받아들일 생각이오?"

"봉신가라."

다시 웃는 루인.

"그것이 그대들이 편하다면. 굳이 그런 형식을 원한다면 봉신 관계가 되어 주지. 하지만 난 형식 따윌 원하는 게 아니다."

증표나 서류 따위가 아닌 진정한 동맹 관계.

천 년이 지나도 굳건할 수 있는, 마음에서 우러나오는 믿음.

그때, 순간적으로 대지가 어둑해졌다.

휘우우우우-

활공음과 함께 날아오는 거대한 백룡.

찬란한 비늘을 뽐내며 천천히 상공을 선회하던 비셰울리스가 강대한 드래곤 피어를 내뿜었다.

캬오오오오-

"끄으으윽!"

"으악!"

귀를 틀어막으며 고통스럽게 쓰러지는 귀족들.

고아하게 날개를 접으며 착지한 비셰울리스가 마치 명령을 기다리듯 루인을 응시한다.

귀족들은 똑똑히 보고 있었다.

거대한 백룡의 가슴에 새겨진 하이베른가의 표식을.

"사, 사자!"

명백히 수호룡을 상징하는 의미였기에 남부 귀족들의 놀라움은 결코 무리가 아니었다.

루인은 희미하게 웃고 있었다.

테아마라스의 유적에 함께 갈 수 없다고 해서 드래곤이 쓸모가 없는 건 아니었다.

이미 비셰울리스와 모종의 거래를 끝마친 상태.

자신이 테아마라스의 유적에서 돌아올 때까지 비셰울리스는 이 하이베른가를 제 몸처럼 지켜 줄 것이다.

드래곤의 맹약이라면 적어도 인간보다는 훨씬 더 믿을 수 있었다.

"하, 함께 피를 흘리겠습니다!"

"저희도 함께하겠습니다!"

그때 놀랍게도 마도 명가 소울레스가의 가주 와이립이 무릎을 꿇고 있었다.

"베도만의 가문비, 소울레스가의 충성을 받아 주시옵소서."

그런 그를 고아하게 굽어보는 루인.

"그대에겐 만만치 않은 여정이 될 텐데."

오랫동안 렌시아가와 한 몸이나 마찬가지였던 소울레스가.

"함께 피를 흘릴 자격을 갖추겠나이다."

그제야 루인의 표정이 밝아졌다.

"기꺼이 환영한다. 와이립. 그대는 사자와 함께 피를 흘릴 것이다."

Chapter. 57

"가스토가는 그래도 우리 봉신가 중에서 가장 잠재력이 높은 가문이야. 그리고 오르테가 가주 또한 고모가 알고 있는 이상으로 머리가 좋은 인물이지."

"……."

"남부에 거점을 만드는 일에 오르테가 공을 활용해 봐. 서광의 심판자라는 그의 명성이 사람을 모으고 다루는 일에 꽤 도움이 될 것 같은데. 용병들 중에서도 오르테가를 존경하는 이들이 꽤 많더라고. 참, 그의 근신은 풀어 줬나?"

"어? 어 그랬지."

"잘했군. 그럼 남부 진출은 오르테가 공을 중심으로 계획

하도록 하고. 야심으로 가득한 사람이니까 이익은 확실하게 담보해 주고. 알겠어?"

"아, 알겠어."

"가장 중요한 건 속도야. 정보가 퍼지기 전에, 충격파를 대비하기 전에 최대한 많이 집어삼킨다. 일단 마장기 2기를 멀리서도 잘 보이도록 사자성의 최상단 첨탑 부근에 세워 두고갈 테니까 빨리 귀족 대회의부터 열어. 베른헤네움 홀을 꽉채워 버리라고."

"하지만 그런 일은 오라버니와……."

"하, 전권을 받아 왔다니까? 받아."

퉁.

빙그르르.

정원의 탁자 위로 떼굴떼굴 굴러오는 대공의 반지를 멍하니 바라보는 소에느.

왕국의 병권을 움켜쥐고 있는 사자왕, 대공의 권위를 상징하는 인장이었다.

값어치를 매길 수조차 없는 그런 엄청난 물건을 무슨 길가에 굴러다니는 돌처럼 취급하는 루인을 소에느가 황당하다는 듯이 바라보고 있었다.

자신이 이 인장을 무슨 서류에 찍을 줄 알고?

"가주께서 대공자에게 대공의 인장을 허락한 거지 고문에게 허락한 것이 아니잖아."

피식.

"내가 이런 이야기들을 꺼내자마자 머리를 감싸시더니 '고모와 상의하라'며 연무장으로 나가 버리셨는데?"

"……."

더욱 망연자실한 표정으로 굳어 버린 소에느.

오라버니는 제 무덤을 판 것이다.

고양이에게 생선을 맡겨도 유분수지!

결국 소에느는 오전부터 찾아와 자신에게 말했던 루인의 모든 조언을 천천히 상기했다.

톱니바퀴처럼 맞물려 떨어지는 철저한 전략들.

루인의 머릿속에서 나온, 그야말로 치밀하고 거대한 계획들 때문에 얼마나 전율로 몸을 떨었는지 셀 수조차 없었다.

루인의 계획대로만 된다면 이 르마델 왕국은 하이베른가의 철저한 통제 아래 귀속될 수밖에 없었다.

남부의 풍족한 물자와 왕국의 병권을 모두 거머쥔 하이베른가는 그 어떤 협잡에도 흔들리지 않는 거대한 사자성이 될 것이다.

역시 가장 걱정되는 건 렌시아가였다.

"렌시아가는 틀림없이 죽음을 불사할 거야."

렌시아가의 치밀한 탐욕을 누구보다 피부로 느끼며 살아온 소에느.

모든 권력과 이권을 빼앗긴 렌시아가가 취할 선택이란 너무도 뻔했다.

대규모 영지전.

"그게 걱정이라고?"

"뭐?"

황당하다는 듯 소에느를 쏘아보고 있는 루인.

"고모, 이제 보니 답답한 사람이었네. 4만의 정규 기사단, 1만의 중부 용병대를 거머쥐고 있으면서도 영지전을 걱정한단 말이야?"

"렌시아는 절대로 만만치 않아! 승리한다고 해도 막대한 희생과 출혈을 감수해야 해!"

"아니, 2기의 마장기는 무슨 쓸모없는 허수아비야?"

"그건! 라이더인 네가 없으면 고철 덩어리나 마찬가지—"

"마장기가 어떤 위력을 지닌 물건인지 몰라? 그냥 전장에 세워 두는 것만으로도 그 공포심과 심리적 위축이 어느 정도인지 뻔히 알 텐데?"

한껏 차가워지는 소에느의 눈빛.

"루인. 넌 똑똑하면서도 이럴 때 보면 정말 바보 같아."

"뭐?"

"렌시아가는 멍청이들이 아니라고. 단 몇 번의 정찰만으로도 그들은 분명 라이더가 없어서 마장기를 구동할 수 없다는 걸 파악할 거야."

"……누가 바보인지 모르겠군."

팔짱을 끼며 묘한 표정으로 고개를 치켜드는 루인.

그런 루인의 비웃음에 소에느는 열불이 터져 나왔다.

"또 무슨 엄청난 전략이 있다면 그냥 말을 해! 계속 그렇게 사람 바보 취급하지 말고!"

"비세울리스의 유희체."

"응?"

한껏 짜증을 내던 소에느의 표정이 점점 희열로 물들고 있었다.

"아!"

"그래."

베리앙 다에송.

마탑의 가장 드높은 층계에서 모든 입탑 마법사들을 굽어보는 초상화의 주인공.

르마델의 마탑을 북부 대륙 최고 수준의 마탑으로 키워 낸 전설적인 마도사.

르마델의 마장기 역시 그의 손에 의해 한 차원 높은 수준의 출력을 갖게 되었다.

"물론 드래곤 일족의 자존심상 인간이 만든 마장기를 직접 구동하는 일은 없겠지. 하지만 그가 드래곤이라는 걸 아는 사람은 우리 말곤 아무도 없어. 그는 그냥 르마델 왕국의 대현자일 뿐이야."

대현자 베리앙이 단지 하이베른가의 진영에 서 있는 것만으로도 상대 진영은 마장기의 구동을 고려할 수밖에 없었다.

기사 병력을 단 한 발자국도 움직이지 못하게 되는 것이다.

자칫하다간 마장기가 뿜어 대는 무식한 필드 마법과 마력 포격에 의해 순식간에 전멸당할 수도 있었다.

"……."

비세울리스가 임시적이지만 하이베른가의 수호룡이 되어 주겠다고 했을 때 소에느는 별다른 감흥이 없었다.

드래곤이 아무리 맹약을 중요하게 생각하는 종족이라지만, 과연 어느 정도까지 개입을 해 줄지 증명된 게 아무것도 없었으니까.

드래곤 특유의 변덕으로 고작 보호 마법 몇 개 정도를 걸어 주고 나서 하이베른가를 수호했다고 시치미를 뗄 수도 있는 일이었다.

그러나 소에느는 인간으로 살아가는 유희체인 베리앙 다에송 그 자체를 생각해 보지 않았다.

어쩌면 그가 드래곤이라는 사실보다 베리앙이라는 그의 유희체가 사람들에게 더욱 직관적인 위력을 발휘할 터.

베리앙을 머릿속에 상정하고 나니 모든 상황이 해결되었다.

이제 영지전 따위는 우스웠다.

오히려 렌시아가가 영지전을 걸어오면 더 환영일 지경.

오랜 시간 치밀한 전략으로 해결해야 할 많은 일들을 영지 전 한 방으로 모두 끝내 버릴 수 있었다.

뒤늦게 루인의 여유에 담긴 진의를 파악한 소에느가 허탈하게 웃고 있었다.

잠시 생각을 정리하는 소에느.

그렇게 루인의 조언들을 천천히 자신의 것으로 소화하고 있던 그녀는 이내 한 가지가 빠져 있다는 것을 깨달았다.

"역시 터무니없이 부족해."

"뭐가?"

"돈."

루인의 모든 전략은 철저한 힘의 우위와 또한 압도적인 재정을 쏟아부어야만이 가능한 일.

피식 웃던 루인이 저 멀리 연무장을 바라보았다.

그가 바라보고 있는 건 산처럼 우뚝 솟아 있는 거대한 마정이었다.

"저 마정과 비슷한 크기의 마정 몇 개를 더 꺼내 놓고 가지. 물론 시장에 즉시 처분할 수 있도록 마정석(魔精石)으로 가공해 주고 갈 거야. 마정석을 소분(小分)하는 건 베리앙이 도와줄 테고."

"……."

잊고 있었다.

무려 산처럼 커다란 마정의 존재를.

"저 많은 마정을 그냥 다 매각하라고?"

"그럼 뭐 계속 저렇게 쌓아만 둘 거야?"

수많은 귀족들의 권력 지형, 아니 국가 단위의 전략 지형까지 송두리째 뒤흔들 만한 엄청난 양이었다.

무엇보다 저 정도 양의 마정이 시장에 한꺼번에 흘러들어 간다면 반드시 알칸 제국의 마수가 뻗어 올 터.

소에느가 새하얗게 질린 얼굴로 되물었다.

"전쟁이 벌어질 가능성은 없겠어?"

대규모 전쟁이라면 하이베른, 아니 왕국의 출혈은 필수불가결.

한데 이번에도 루인은 피식 웃었다.

"전쟁이 날 일이 없지. 결국 마정은 흔한 물건이 될 테니까. 희귀할 때나 전쟁을 벌여서라도 확보할 만한 전략 물자야. 상점에서 수십, 수백 리랑이면 구할 수 있는 물건 때문에 군대를 일으키겠다고? 알칸 제국이 바보인가?"

"그렇게 단순하게 생각할 일은 아니야. 현재 알칸 제국은 마정을 거의 독점하고 있는 국가. 우리가 그런 시장 질서를 교란한다면 마정의 값어치를 유지하기 위해서 침공할 수도 있어."

루인이 못마땅한 표정으로 한숨을 내쉬었다.

"그래서 내가 뭐랬어? 다리오네가를 활용하라니까?"

"다리오네?"

"그래. 지하 길드의 철저한 점조직을 활용해 시장에 한꺼번에 풀어 버리란 뜻이야. 충격파가 거세면 거셀수록 좋아. 대비할 틈도 없거든."

"하지만……."

소에느는 루인을 이해할 수가 없었다.

저 정도 마정을 한꺼번에 시장에 푸는 건 경제학적인 측면에서 가장 멍청한 짓.

시장 경제를 조금이라도 안다면 절대로 해선 안 되는 짓이었다.

독점적인 공급자의 지위를 이용해 최대한 시세를 유지하며 천천히 매각하는 것이 정석.

루인이 말하고 있는 방식은 미래에 도래될 막대한 이득을 포기하는 것이나 다름없었다.

"도대체 한꺼번에 푸는 이유가 뭐야? 네 말대로라면 정말 마정은 길거리에서 돈 몇 푼이면 살 수 있는 값싼 물건이 될 거야. 왜 그런 바보 같은 짓을 하려는 거지?"

루인은 점점 욕망으로 물들어 가는 소에느의 눈빛을 차분히 바라보고 있었다.

분명 가문의 행정을 담당하는 자, 회계를 책임지고 있는 고문의 입장에서는 충분히 의문이 생길 만한 사안.

하지만 값싼 마정은 꿈을 지닌 마법사들, 연구에 목말라하는 마도학자들의 역량을 비약적으로 상승시켜 줄 것이다.

모두에게 주어지는 공평한 기회.

마정의 독점으로 국가에 집중되어 있던 권력이 천천히 분배될 것이며, 이는 반드시 문명 자체의 도약을 초래할 터.

"그게 내가 원하는 세상이니까."

"……뭐?"

피식.

"욕심 때문에 모든 걸 망칠 뻔해 놓고 이제는 좀 내려놓을 때도 되지 않았나? 마정의 양이 문제지 첫 유통자의 이득이 아예 없는 것도 아니고."

당연히 처음 매각할 때는 막대한 이득을 벌어들일 수 있을 것이다.

그 이득이 유지되지 않는다는 게 문제지만.

"적어도 수십 년의 재정 규모 정도를 한꺼번에 벌어들일 수 있을 거야. 더 욕심부리지 마. 뭐 왕국이라도 세울 거야?"

그도 그랬다.

저 정도 양의 마정을 모두 제값을 받고 매각한다?

천천히 모두 매각할 수 있을지도 의문이었지만 대체 얼마만큼의 금괴로 바꿀 수 있을지 소에느는 가늠조차 되지 않았다.

금방 머리가 복잡해지는 소에느.

저 엄청난 양의 마정을 매각하고, 남부에 진출한다.

봉신가들을 새로운 체계로 이끌어야 하며, 귀족 사회의 권력 지형을 통째로 변화시켜야 했다.

루인의 계획이 아무리 치밀하고 뛰어나다고 해도 하나도 빗나가지 않고 모든 전략이 현실과 맞물려 떨어지진 않을 터.

그 와중에 기득권의 반발은 얼마나 거셀 것이며, 그 살벌한 암투에 어떤 사람들이 희생당할지를 소에느는 여전히 예상할 수 없었다.

"믿어."

"……."

"하이베른가의 칠 할을 먹어 치웠던 고모야. 할 수 있다고."

"너…… 자꾸 그 얘기를…….."

더 이상 말을 잇지 못하고 입술만 짓씹는 소에느.

문득 그녀는 궁금해졌다.

"대체 얼마나 오래 있다가 오려고 이 정도 전략을 미리 짜 놓은 거야?"

루인의 계획을 모두 실현하려면 최소 몇 년은 걸릴 터.

난이도도 난이도였지만 이렇게 많은 계획을 알려 주고 떠나려는 루인이 걱정스러웠다.

적어도 자신의 공백이 몇 년이 될지도 모른다는 판단의 발로일 터.

대공자가 이번 원정을 얼마나 위험하게 생각하는지를 증명하는 것이었다.

"돌아오지 못할 수도 있어."

사색이 된 얼굴로 기겁하고 마는 소에느.

"뭐? 그게 무슨 말이야?"

"그럴 수도 있다고."

가변세계.

대마도사조차 예측이 불가능한 위험천만한 차원의 틈.

"아니! 넌 돌아와야만 해!"

씩씩거리던 소에느가 거칠게 정원의 의자를 박차더니 루인을 쏘아봤다.

"이 많은 걸 모두 나보고 하라고? 미친! 안 돼! 무조건 살아서 돌아와! 대공자보다 내가 먼저 죽을 수도 있어!"

루인이 소리 없이 웃었다.

자신을 걱정하고 있는 소에느의 표현 방식이 마음에 들었다.

여인의 몸이지만 그녀 역시 베른(Baron)이었다.

"노력하지."

저 멀리 서편 하늘을 향해 있는 루인의 시선을, 소에느가 걱정스러운 눈으로 바라보고 있었다.

루인은 연무장에서 일주일째 마정석만 가공하고 있었다.

거대한 마정을 통째로 융합 마력으로 녹여 내는 무시무시한 장면.

아침 수련을 나온 윌켄은 오늘도 연무장의 중심에서 미동도 없이 마정석을 가공하는 루인을 향해 고개를 절레절레 젓고 있었다.

"인간에게 저게 가능한 건가……."

함께 나온 데인도 기가 질린 표정.

"오늘은 또 몇 번이나 혼절하실지……."

저 무시무시한 가공 과정은 매번 융합 마력이 바닥날 때까지 끝나지 않는다.

마력을 채우고 가공, 마력을 채우고 또 가공…….

이 쳇바퀴와 같은 과정을 일체의 휴식도 없이 기계처럼 반복하는 루인.

그는 보는 이로 하여금 기가 질리게 만들 정도로 집요하고 집요했다.

그리고 그런 루인의 반대편, 팔짱을 낀 채 묵묵히 관찰하고 있는 베리앙.

"……."

처음엔 별다른 관심을 가지지 않았던 그도 루인의 가공 과정이 사흘이 넘어가자 표정이 굳어졌다.

드래곤인 그의 기준에서 인간의 정신력은 나약한 것.

루인도 그런 인간임이 분명할진대, 지난 일주일 동안 자신이 본 것은 인간이되 인간이 아닌 무엇이었다.

비록 종족은 다르지만 같은 마도(魔道)를 추구하기에, 지금의 저 가공 과정이 얼마나 대단한 정신력의 소모와 고통을 동반하는지를 너무나도 잘 알고 있었던 것.

에이션트 드래곤의 강대한 용마력, 그런 자신이 전력을 다한다 해도 저 루인처럼 해낼 수 있을지를 쉽게 장담할 수 없었다.

촤아아아아아—

거대한 마정이 찬란한 휘광에 휩싸인다.

루인의 광활한 융합 마력과 초고난도의 술식에 의해 통째로 씻겨지듯이 마정석(魔精石)으로 재탄생된 것이다.

비틀거리면서도 악착같이 서 있던 루인이 거칠게 숨을 몰아쉬었다.

"허억허억……."

"이제 그만해라. 인간."

베리앙을 비스듬히 바라보던 루인이 섬뜩한 웃음을 지어 보였다.

대마도사의 광기에 베리앙은 순간적으로 등줄기가 서늘해졌다.

"염동력을 그런 식으로 계속 무식하게 운용하는 건 인간에게는 자살행위다."

영혼의 격.

쌓아 온 세월의 깊이만큼 정확히 정비례하는 생명체 본연의 기질.

그러므로 짧은 생을 살아가는 인간의 영혼은 격 자체가 매우 낮았다.

그 낮은 격으로 어떻게 저만한 염동력을 구사하는지는 알 수 없으나, 계속 저 짓을 반복했다가는 염동력 자체가 소멸될 수도 있었다.

"아직 모르는군."

월켄을 향해 홱 하니 고개를 돌리는 베리앙.

"……내가 뭘 모른단 말이지?"

기이한 웃음기를 머금고 있는 월켄. 그의 미소는 어딘가 모르게 루인과 닮아 있었다.

"내가 알기로 저 녀석은 공허라는 곳에 갇힌 채 수만 년을 보냈다. 스스로도 흐른 세월을 정확히 모르더군."

"뭐……?"

공허(空虛).

들어 본 적은 있었다.

별과 성운, 빛도 암흑도 존재하지 않는, 말 그대로 철저한 무(無)의 공간.

그러나 그 장소는 차원학의 이론상에만 존재할 뿐 실체가 증명된 바는 없었다.

극도의 위험성 때문에 신조차 함부로 접근할 수 없는 위험한 공간이라 알려진 곳.

그런 공허를 어떻게 인간이?

베리앙이 믿을 수 없다는 눈으로 루인을 쳐다봤다.

"인간. 사실이냐?"

루인이 퉁명스럽게 대답한다.

"그랬지."

이번에는 데인의 표정이 멍해진다.

르마델의 백성이라면 모두가 르마델의 천 년의 역사를 경배한다.

그런 천 년만 해도 아득한데 대체 수만 년이라니!

오랜 과거로부터 돌아온 형님의 사정을 어렴풋이 짐작만 하고 있던 데인이었다.

한데 공허라는 곳은 또 무엇이며, 그런 곳에서 수만 년을 갇힌 채 지냈다니…….

데인은 그 충격을 말로 표현하기조차 힘들었다.

드래곤의 호기심이 폭발했다.

"차원학이 설명하는 공허라는 곳이 실존했단 말인가? 도대체 그곳은 어땠지? 정말 이론처럼 모든 물질과 법칙이 존재하지 않는 곳이었나?"

"내가 경험한 건 그냥 작은 차원 거품이었다. 방울처럼 작은 차원 거품에 갇혀 있었지."

"차원 거품……?"

베리앙으로서는 그런 걸 들어 본 적도 없었고 무슨 개념인지 이해조차 되지 않았다.

피식.

"거창한 것은 없었다. 빛, 암흑, 소리, 물질…… 뭐 그런 게 하나도 없는, 예상대로 철저한 무(無)의 공간일 뿐이었다."

"그럼 육체도 사라졌을 텐데……?"

"물론. 오직 영혼으로 거할 수 있는 공간이었다."

"……"

베리앙의 얼굴에는 혼란으로 가득했다.

공허의 존재 유무는 차치하고서라도, 영혼으로 공허를 부유하던 인간이 어떻게 현실로 되돌아왔단 말인가?

루인을 만나면서 오천 년을 유지해 온 상식과 경험이 자꾸만 붕괴되는 기분.

하지만 저 말이 사실이라면 도저히 이해할 수 없는 수준의 광활한 염동력도 깔끔하게 설명이 된다.

물론 그걸 받아들인다면 에이션트 드래곤인 자신보다도 영혼의 격이 더 높다는 것을 인정해야만 했다.

그런 베리앙의 복잡한 심리를 읽었는지 루인이 재미있다는 듯이 웃고 있었다.

"왜? 인간이라서 인정하기 싫어?"

"무슨!"

이제야 모두 알 것 같았다.

마계의 위험한 마신이 고작 인간의 영혼에 기생하는 이유도,

해석할 수 없는 권능에 의해 자신의 날개가 찢긴 것도.

그렇게 제대로 된 패배감을 느끼기 시작한 베리앙.

위대한 드래곤 일족에게 이런 비참한 기분을 선사한 인간이 과연 지금까지 있었을까?

그때 베리앙의 뇌리에 한 인간이 떠올랐다.

'테아마라스!'

태초의 마법사.

드래곤의 격에 비견되던 유일한 인간.

그때, 저 멀리 부산스러운 소리가 들려왔다.

"루인!"

연무장의 중심으로 다가오는 이들은 시론 일행이었다.

한눈에 봐도 피곤한 기색으로 가득한 생도들이었지만 그 표정에는 희열과 활기로 가득했다.

"우리 모두 성공했다! 더 이상 마력핵과의 공명(共鳴)이 깨어지지 않아!"

루인의 얼굴에 화색이 돌았다.

"그게 정말이냐?"

비록 출력을 낮춘 버전이라고 해도 거대한 마장기를 구동하기 위한 최소한의 출력을 갖춘 마력핵이었다.

그런 엄청난 마력핵을 완벽한 동조율로 통제한다는 건 쉽게 할 수 없는 일이었다.

"모두 루인 님 덕분이에요! 설마 그런 무식한 방법으로 마장기의 마력핵을 다뤄 볼 거라곤……."

얼굴이 붉게 상기된 다프네.

마법사의 역량에 맞게 마력핵의 출력을 재조정하는 방식.

마력핵이 수도 없이 파괴될 수밖에 없는, 그런 상상도 못할 과정을 대체 어떤 마법사가 경험할 수 있단 말인가.

윌켄이 루인을 쳐다봤다.

"그럼 이제 저 아이들 모두가 너처럼 마장기를 다룰 수 있단 뜻인가?"

"위력은 다르겠지만 그런 셈이지."

심각한 표정으로 침을 꿀꺽 삼키는 윌켄.

데인과는 달리 윌켄은 초인의 경지였기에 느낄 수 있었다. 마장기가 뿜어 대는 마력 포격의 진정한 위력을.

그것은 한낱 인간의 몸, 검이라는 작은 냉병기로는 결코 대적할 수 없는 무시무시한 힘이었다.

저 조그만 아이들이 웬만한 국가의 군사력 전체와 맞먹는 역량의 존재들로 거듭난 것이다.

기쁨도 잠시, 이내 굳어진 얼굴의 루인이 윌켄과 데인, 베리앙을 차례로 응시했다.

"우리끼리 할 이야기가 있다."

무심하게 루인을 바라보던 윌켄이 지지 않겠다는 듯 자신의 검을 강하게 움켜쥐었다.

윌켄이 데인의 어깨를 감쌌다.

"가지. 우리도 질 수 없잖나."

"다, 당연합니다! 형님!"

루인은 미래의 검성과 검술왕이 각오를 다지는 모습이 흐 뭇했다.

그들이 멀어져 가자 베리앙은 루인에게 조언 하나를 남겼 다.

"그곳에서 마법이 무용지물일 수도 있다는 것을 명심해라. 인간."

"알고 있다."

◆ ◈ ◆

루인을 중심으로 빙 둘러앉은 생도들이 하나같이 경악한 얼굴로 굳어져 있었다.

테아마라스의 유적에 대한 진실을, 한 치도 더하거나 빼지 도 않고 있는 그대로 모두에게 설명한 루인.

"가변세계라니……."

"그럴 수가……."

시론이 망연자실한 표정으로 고개를 떨구었다.

"정말 테아마라스 님의 유적이 아니라고……?"

마법사가 되기로 결심한 순간부터 가슴에 품어 왔던 꿈들 이 모조리 덧없이 사라지는 기분.

"가변세계의 최초 발견자일 뿐 유적은 아니다."

유일하게 냉정함을 유지하며 눈빛을 반짝이고 있는 사람은 리리아였다.

"물건을 가져오는 것 외에는 그곳의 마법적 지혜를 연구할 방법이 없다는 게 정확히 어떤 의미지?"

"나도 직접 경험한 것이 아니라서 확실한 건 아니지만 가변세계에서 탈출하는 순간 모든 기억을 잃을 수밖에 없다더군."

"……기억을 잃는다고?"

"그래. 기억 소멸 현상 자체는 내가 직접 확인한 사안이다. 오래전 탐험에서 돌아온 생존자의 기억을 내가 직접 살펴봤지."

〈루인 님의 심각한 표정을 보니 단순한 기억 조작 마법 따위는 아닌 것 같군요.〉

"그래. 그건 정신 마법 따위가 아니었다."

〈설마…….〉

불안한 표정의 루이즈를 향해 선언하듯 말하는 루인.

"세계의 인과(因果)."

다프네가 소스라치게 놀란 표정으로 물었다.

"그 말은 세계와 차원을 관장하는 신의 섭리가 생존자의 기억을 지운 주체란 말인가요?"

"그렇다."

더욱 충격으로 굳어져 버린 생도들.

그만큼 루인의 입에서 흘러나온 말은 너무나 충격적인 것이었다.

그렇다면 그 가변세계란 곳은 신, 아니 세계와 차원을 관장하는 미지의 존재가 인간에게 허락하지 않은 장소라는 뜻.

"만약 그곳에서 죽는다면 영혼조차 세계에 남길 수 없는 완벽한 소멸을 당할 수도 있다."

"……."

"또한 우리 세계와는 전혀 다른 법칙으로 구현된, 지금의 우리로선 어떤 것도 대비할 수 없는 위험한 가변세계다."

모두가 조용히 루인의 입만 처다보고 있을 때 리리아가 말했다.

"넌 가겠지."

피식 웃음이 터져 나온 루인.

언제나 리리아는 핵심을 관통해 온다.

"그래. 그래도 나는 간다."

악제, 아니 테아마라스의 비밀에 다가갈 수 있는 유일한 길.

악제의 목적을 알 수 있는 유일한 단서가 살아 숨 쉬는 곳
이었다.

"그럼 나 역시 가겠다."

흔들림 없는 눈빛으로 자신을 바라보고 있는 리리아.

루인이 그럴 줄 알았다는 듯이 더욱 진하게 웃었다.

"그래. 너라면 그럴 줄 알았다."

루인이 경험한 공허처럼 차원학의 이론상에나 존재하는
가변세계.

마법사로서 도저히 참을 수 없는 곳이었다.

당장 몇 분 뒤에 죽더라도 눈앞의 진실을 탐구하려 드는 것
이 본디 마법사란 족속들.

〈 저도 가고 싶어요. 〉

루이즈의 눈빛도 열정으로 불타고 있었다.

그런 루이즈를 바라보던 다프네도 질 수 없다는 듯 입매를
비튼다.

"마법사가 가변세계를 어떻게 참아요? 그런 곳을 가 볼 수
만 있다면 당장 죽어도 여한이 없어요."

시론이 불끈 쥔 주먹으로 눈을 감고 소리쳤다.

"으아아아! 나도 못 참겠다아!"

반면 세베론은 갈등하는 얼굴.

"하, 하지만……!"

세베론은 당장 부모님과 동생들의 얼굴이 떠올랐다.

만약 돌아오지 못한다면 그때는…….

"믿는다. 넌 내가 경험한 모든 마도(魔道) 중에서 최고니까."

"맞아! 루인만 있다면! 이 녀석만 함께한다면 살아 돌아올 수 있어!"

세베론이 그런 리리아와 시론을 멍하니 보다가 이내 미묘하게 미소 지었다.

"그래! 시골뜨기 마법사가 하이베른의 대공자에게 목숨을 빚질 기회지!"

루인이 모두의 눈빛을 찬찬히 훑었다.

죽음을 전혀 두려워하지 않는, 뜨거운 열정으로 가득한 동료들의 눈을 바라보며 루인은 흡족했다.

그래.

대마도사의 동료라면 이 정도는 해야지.

"내 등을 놓치지 마라."

"응?"

씨익.

"너희들이 내 등을 놓치지 않는다면 반드시 너희들을 살려서 데려올 것이다."

외부에 공개되지 않은 르마델의 탐험대.

가변세계로 향하는 출정은 어느덧 내일이었다.

◆ ◈ ◆

짐을 꾸리는 루인과 생도들을 무심히 바라보고 있는 카젠.

과거 아카데미로 향하는 루인을 배웅하던 때와는 달리, 그의 표정은 별다른 감정 없이 차분했다.

어차피 곧 떠나갈 녀석이란 걸 알고 있었고, 악제의 실체를 직접 본 마당이라 말릴 생각도 들지 않았다.

물론 그래도 마음이 영 좋지 않은 건 사실이었다.

그때 월켄과 데인, 소에느가 도착했다.

"가주님을 뵙습니다."

"아버지!"

월켄의 정중한 인사에 화답하다가 이내 몸을 움찔거리는 카젠.

본 것이다. 여동생의 손가락을 감싸고 있는 커다란 반지를.

그런 카젠의 당황한 시선을 느꼈는지, 소에느가 다급히 대공의 인장을 자신의 손가락에서 빼냈다.

"오, 오라버니, 지금 돌려주려고 했어요."

"됐다."

"네……?"

카젠이 동료들과 함께 짐을 싸고 있는 루인에게 시선을 옮겼다.

"녀석이 가문의 고문에게 대공의 인장을 건넸다면 다 그만한 이유가 있겠지."

"하지만……."

4만 기사단을 움직일 수 있는 사자왕의 힘을 상징하는 물건.

루인이 짜 준 계획대로 움직이려면 여러모로 대공의 인장이 필요한 건 사실이었다.

그러나 아직 과거를 부끄러워하고 있는 자신이 대리할 물건은 아니었다.

"신경 끄거라. 지금 내가 그것을 회수한다면 대공자의 결정과 판단을 무시하는 것이다. 또한 대공자에게 대공의 인을 허락한 내 판단까지 탄핵하는 행위지. 난 스스로 내 얼굴에 먹칠하고 싶지 않다."

소에느가 입술을 꼭 깨물었다.

"인장을 사용할 땐 개인적인 감정을 기계적으로 배제하겠어요. 결코 삿된 목적에 쓰지 않겠어요. 오라버니."

카젠이 웃었다.

"거봐라. 대공자의 눈이 제법 정확하지 않느냐."

반면 아버지와 고모의 대화를 듣고 있는 데인의 표정은 그다지 좋지 못했다.

소에느와 제법 가까워진 루인과는 달리 아직도 데인은 마음이 굳게 닫혀 있었다.

저 아버지처럼, 그리고 형님처럼 어머니를 살해한 당사자를 살갑게 대할 용기가 언제쯤 생길까?

얼마나 널따란 마음을 지녀야 그런 용서가 가능한 걸까?

새삼 데인은 아버지와 형님의 마음을 앞으로도 평생 읽을 수 없으리라는 생각이 들었다.

그렇게 30분여 정도 지났을 때, 짐을 모두 정리한 루인이 다가왔다.

"남부의 귀족들은 모두 돌아간 건가?"

"어제 다들 돌아갔어."

"반응은?"

소에느의 표정은 상기되어 있었다.

"놀랍게도 내 모든 요구를 받아들였어."

남부의 귀족들에게 소에느가 제안했던 요구는 상당한 무리가 있었다.

렌시아가와 일방적으로 물자 거래를 끊거나 심지어는 이중 첩자 노릇까지 요구한 것이다.

그럼에도 그들은 군말 없이 모두 수용했다.

루인이 마치 예상이라도 한 듯이 고개를 끄덕였다.

"그럼 그 일은 됐고. 보웬 공과의 협상이 남았군. 일단 다리오네가의 가주인이 우리 손에 있으니 그걸 무기로 삼아.

수틀리면 그냥 다시 가두겠다고 협박해 버려. 명심해. 중요한 건 속도야. 최단 시간에 지하 길드를 움직이려면—"

"루인."

"응?"

"이 고모가 누군지 잊었니?"

소에느 프란시아나 베른.

철저하게 하이베른가를 집어삼켰던 철혈의 여인.

루인이 아니었다면 대공가의 역사를 새로 썼을 치밀한 야망가.

카젠의 굵직한 목소리가 들려온다.

"네 약속은 언제 지킬 참이냐."

고개를 갸웃하던 루인이 이내 피식 웃어 버렸다.

결투.

이 와중에도 아버지는 아들과의 결투를 기대하고 계셨다.

"저는 잊지 않으니 언젠가 저와 대결을 하게 되실 겁니다."

"넌 분명 '가문에 다시 돌아올 때'라고 말했었다."

"……."

가문으로 돌아와서 너무 정신이 없었다.

마장기들의 출력을 조정하고 남부 귀족들을 설득했으며 가문의 전략, 십년대계를 구상했다.

거기에 백룡 비셰울리스와 대결을 벌였다가 한동안 침대

신세까지 졌으니…….

덕분에 상대적으로 탐사대 준비가 소홀해질 수밖에 없었다. 어제도 이것저것 대비하느라 한숨도 자지 못했다.

"무서운 게로구나."

"뭐라고요?"

천연덕스러운 표정으로 어깨를 들썩이는 카젠.

"상대가 이 왕국의 기수 사자왕인데 무섭지 않으면 오히려 더 이상한 일이지. 아무리 너라고 해도 오금이 떨릴 것이다. 하지만 이해한다. 강자를 앞에 두고 느끼는 두려움은 부끄러운 것이 아니니까."

순간 루인은 출정에 앞서 잠시 시간을 뺄까 갈등하고 있었다.

그런 아들의 심각한 속내를 읽었을까?

카젠이 애써 호탕하게 웃었다.

"하하하! 그래도 대공자도 사람이구나! 자존심이 상하긴 하는 걸 보니!"

센 척을 하고 있었지만 쉽게 승리를 장담할 수 없는 건 카젠도 마찬가지.

자신이 아무리 깨달음을 얻어 완숙한 초인의 경지에 들었다고 해도, 루인 역시 드래곤을 단독으로 때려잡은 터무니없는 마법사였다.

"짐을 풀 뻔했습니다."

"어허, 그런 시간 낭비를 할 순 없지. 다음에. 다음에 하자 꾸나."

은은한 웃음으로 아들을 바라보던 카젠의 얼굴이 점차 굳어 가기 시작한다.

"이번에도 약속해 줄 수 있겠느냐?"

-성장하겠습니다. 죽지 않겠습니다. 그리고 반드시 돌아오 겠습니다.

너무 과하게 성장한 측면이 있긴 하지만, 루인은 가문을 떠 나기 전에 자신이 했던 말을 남김없이 지켰다.

이번에도 루인은, 떠나는 아들을 배웅하는 모든 아버지들 이 듣고 싶어 하는 말을 해 주었다.

"죽지 않겠습니다. 그리고 돌아오겠습니다."

"그럼 됐다. 올 때 선물이나 사 오거라."

획.

일말의 망설임 없이 돌아선 카젠이 이내 성문 안으로 사라 졌다.

소에느가 루인에게 다가갔다.

"받아."

소에느가 내민 건 정교하게 장식된 은제 장신구.

날렵한 활 모양의 문양.

그 상징은 루인에게도 익숙한 가문이었다.

"데블리앙가의 혈족 표식이군."

숲의 사냥꾼 가문.

오래전 엘프족과도 교류하던, 벨가노아 숲을 지배하는 가문이었다.

"네 이미지에도 맞는 것 같아서."

루인은 당분간 대공자의 신분으로 활동할 생각이 없었다.

악제에게 자신의 동선이 노출되는 것을 최대한 막아야만 했으니까.

"그런데 괜찮겠어? 네 얼굴은 이미 많이 알려졌는데."

희미하게 웃던 루인이 나직이 주문을 외자.

스스스스스-

점차 그의 외모가 전혀 다른 외형으로 바뀌어 가고 있었다.

차갑고 냉정한 얼굴, 깊은 눈빛이 온데간데없이 사라져 버렸다.

대신 사람 좋은 미소로 가득한, 마치 돈 많은 귀공자 같은 얼굴이 새롭게 자리 잡고 있는 것이다.

"……마법으로 얼굴도 바꿀 수 있는 거였어?"

"물리적으로 바뀐 건 아니야. 약간의 환영 마법과 왜곡 파장, 그리고 변이 술식을 적당히 섞으면 이 정도는 쉽게 할 수 있지."

그 광경에 하나같이 한숨을 내쉬는 생도들.

말이야 쉽지 성질이 각기 다른 술식을 섞는다는 게 쉬울 수가 없었다.

특히 왜곡 파장 마법과 변이 마법은 아예 궤가 다른 술식이라고 봐도 무방했다.

그걸 아무렇지도 않게 뭉뚱그려서 섞었다고 말하는 루인이 이상한 거지 자신들이 비정상은 아니었다.

월켄이 끼어들었다.

"너무 호구 같은 얼굴 아니냐?"

"의도한 거다."

루인의 태연한 반응에 월켄은 인상을 찡그렸다.

"귀찮은 일이 많이 생길 텐데?"

루인은 피식 웃으며 월켄의 조언을 무시하더니 이내 생도들을 차례로 훑었다.

"나는 지금부터 데블리앙가의 막내, 루안 데블리앙이다."

루안?

너무 성의 없어 보이는 작명에 시론이 어이가 없다는 듯이 실소했다.

"너무 한 끗 차이 아니냐고 푸흐!"

하지만 무표정한 얼굴로 다프네를 바라보는 루인.

"너는 루안 데블리앙의 여동생 데프네 데블리앙."

"아, 아니 왜죠? 왜 여동생인가요?"

"데프네 폼!"

미친 듯이 웃기 시작하는 시론을 향해 청천벽력과도 같은 루인의 음성이 날아들었다.

"넌 시종 시롱."

"아이씨! 장난하냐?"

"푸하하하하! 시롱!"

"넌 두 번째 시종, 네베론."

"......."

이쯤 되자 리리아와 루이즈의 안색이 슬슬 안 좋게 변하기 시작했다.

"넌—"

"그만. 난 안 듣겠다."

"그럼 이름만이라도 외워. 리리앙."

"......."

루이즈는 오히려 선수를 쳤다.

〈전 됐어요. 루이느로 할게요. 하녀로 하죠.〉

"그런 자세 좋아."

이내 루인이 자신의 얼굴에 걸었던 미지의 술식을 생도들에게도 차례로 걸기 시작했다.

"악! 우리까지 그럴 필욘 없잖아!"

"내 얼굴!"

"꺄악! 무슨 짓이에요!"

그 황당한 광경에 월켄이 다시 인상을 찌푸렸다.

"이건 너무 허술한 거 아니냐? 이름까지 비슷하고."

"그래. 허술하지. 그래서 더 혼란스럽겠지. 너무 유치해서."

"뭐……?"

"넌 내가, 이 하이베른가의 대공자가 이런 유치한 짓을 벌이고 다닐 거라는 생각이 드나?"

"……."

막상 그렇게 물어 오니 월켄은 할 말이 없었다.

지금 루인은 추적자들의 허를 찌르려는 것이다.

"이건 과거에도 내가 즐겨 쓰던 방식이다. 효과가 입증된 방법이란 뜻이지. 실제로 까마귀들은 한 번도 날 추적하지 못했어."

그럴 만도 하다.

인류 연합의 대마도사가 이런 장난스러운 짓을 하고 다닐 리는 없다고 생각할 테니까.

〈그런데 루인 님. 결국 그 데블리앙가라는 가문에서 알게 되지 않을까요?〉

이번에도 태연한 얼굴로 되묻는 루인.

"그걸 왜 내가 신경 쓰지?"

〈네?〉

"난 혼자가 아니다. 그런 건 처리하는 사람이 따로 있거든."

소에느가 몸을 움찔거렸다.

그제야 그녀는 자신이 무슨 실수를 한 건지를 뼈저리게 깨달았다.

"너……."

루인이 짐 가방을 메고 일어서자.

"잠깐! 좌표계를 확보했다고 하지 않았냐?"

"그래서?"

"그런데 왜 도보로 이동하는 건데! 너 정도라면……!"

무려 마도사에 근접한 마도를 보유한 루인이었다.

그런 루인이라면 저 멀리 남부 대륙까지 단숨에 공간 이동을 할 수 있을 텐데 굳이?

소에느가 황당하다는 듯 시론을 쳐다본다.

"설마 네 말은 공간 이동으로 국경을 넘자는 뜻이야?"

"예? 안 되는 건가요?"

그런 시론의 반응에 소에느가 이마를 짚으며 고개를 절레

절레 젓고 말았다.

"시론. 보통 국가들 간의 국경에는 대규모 공간 이동 방해 트랩이 설치되어 있어."

"응? 그런 게 있었어?"

순진한 눈망울로 다프네를 바라보고 있는 시론.

"이를 무시하고 공간 이동을 펼쳤다간 술식의 흐름이 깨어져 허공에서 육체가 산산조각 나거나 미지의 아공간으로 빨려 들어가서 영영 되돌아오지 못할 수가 있거든."

충격을 받은 시론의 표정.

리리아가 그런 시론을 한심하게 쳐다보았다.

"멍청한. 공간 이동이 그렇게 쉬웠으면 각국이 천문학적인 재정을 들여 가며 첩자를 심을 이유가 없지. 게다가 후방 교란을 자유자재로 허용한 마당인데 전쟁이 일어날 수는 있단 말인가."

"진짜…… 나는 진짜 몰랐다……."

루인은 처음으로 이 녀석들을 섣불리 동료로 받아들인 것을 후회하고 있었다.

걱정스러운 눈으로 루인을 바라보는 월켄.

"괜찮겠나?"

"후."

세상의 때 따윈 묻어 있지 않은, 그야말로 새하얀 백지 같은 생도들.

"형님!"

어느새 저만치 멀어진 루인의 뒷모습.

루인은 그대로 데인을 향해 손만 흔들고 있었다.

한 번 쳐다보지도 않는 야속한 형님이었지만 데인은 웃고 있었다.

그가 자신을 얼마나 아끼고 사랑하는지 이미 알고 있기 때문이었다.

시론이 고개를 푹 숙인 채로 짐 가방을 메더니 세베론을 쳐다봤다.

"넌 알고 있었냐? 세베론?"

"난 알고 있었는데?"

자신을 홱 하니 앞질러 가는 세베론을 쳐다보며 시론은 묘한 웃음을 머금었다.

당황해하는 녀석의 표정을 확실하게 본 것이다.

"나 혼자가 아니었어."

Chapter. 58

시론은 입에서 슬슬 단내가 올라오기 시작했다.

커다란 짐 가방을 등에 멘 채로 다섯 시간을 꼬박 걷기만
했으니 마치 온몸에 돌덩이를 매단 기분이었다.

"허억… 허억……!"

"하악…… 학…….."

고개를 돌려 보니 다른 친구들도 자신과 별반 다르지 않았다.

이제는 도저히 의문을 참을 수 없었다.

"루인! 잠깐!"

자신보다 훨씬 큰 짐 가방을 메고 있음에도 뒤를 돌아보는
루인의 표정엔 지친 기색 하나 없어 보였다.

"무슨 일이지?"

"네가 시키는 거라면 모두 따를 생각이다! 지금까지 늘 그래 왔으니까! 하지만 이건 너무 반이성적이고 비합리적이잖아!"

시론의 그 말에 다른 생도들이 일제히 고개를 끄덕이며 동조한다.

시론이 가려운 데를 시원하게 긁어 준 것이다.

"왜 굳이 짐을 아공간에 넣지 않고 메고 가야 하는지! 공간 이동이 불가능하다고 해도 그…… 너의 괴물 꼬리는 왜 활용을 하지 않는 건지! 아무리 생각해도 이해가 안 된다! 이건 너무 비효율적이다!"

무표정한 얼굴로 되묻는 루인.

"내 기억엔 다시는 하늘을 날기 싫다고 한 게 누구도 아닌 너 같은데 말이지."

"아 그래도 이 짓보다는……!"

혼돈마의 꼬리를 이용한 이동 방법은 엄청난 속도로 이동할 수 있다는 장점 외에는 모든 것이 단점이었다.

살갗이 찢길 것만 같은 극한의 추위, 음속을 돌파하면서 생기는 무지막지한 굉음과 충격파, 가장 치명적인 건 충격파를 견디다 보면 여지없이 치미는 구토였다.

실제로 다프네는 충격파를 감당할 때면 매번 구토를 견뎌야 했다. 이는 여자로서 감당하기 힘든 부끄러움이었다.

"싫다고 한 건 너희들도 마찬가지. 그래서 극단적인 상황이 발생한 게 아니면 될 수 있는 한 하늘을 날지는 않을 거다."

자신의 몸보다 큰 짐 가방을 멘 채로 거의 주저앉을 기세로 헐떡거리던 다프네가 거칠게 고개를 저었다.

"취, 취소하겠어요! 차라리 몇 번 토하고 말겠어요! 진짜 이건 아닌 것 같다구요!"

마법사로서 도저히 이해할 수 없는 비효율.

최소한 한 달 정도는 거뜬히 버틸 수 있을 만큼 짐을 싸라 길래, 필요한 물건들을 남김없이 챙긴 것이 화근이었다.

등에 이고 갈 줄 알았더라면 진즉에 생존에 필요한 물건들로만 간소화했을 터.

다프네는 당연히 아공간에 보관할 줄 알았던 것이다.

"인간의 육체가 적당한 무게를 견딜 경우, 달리기와 비슷한 효과, 아니 오히려 더 뛰어난 체력을 길러 낼 수 있다. 특히 일정한 경사로를 걷는다면 그 효과는 더욱 배가되지."

시론은 그런 루인의 말을 듣는 순간 멍해졌다.

지금까지 돌아온 길을 가만 떠올려 보니 죄다 험로나 경사진 곳이었던 것.

분명 편한 길이 있었는데 저 빌어먹을 루인이 굳이 오르막이나 험한 길만 골라 안내한 것이다.

"그럼 지금까지의 그 오르막들이 지름길이 아니었다는 그런 뜻인가요?"

"저 녀석이 시간을 아끼고 싶었다면 벌써 하늘을 날았겠지."

이미 알고 있었다는 듯한 리리아의 냉랭한 반응.

시론이 망연자실한 표정으로 주저앉아 버렸다.

"미친! 안 해! 사람을 죽이려고 작정했냐! 수련이 아무리 좋아도—!"

"조용. 사람이다."

저 멀리 구릉에서 천천히 모습을 드러내는 일단의 무리들.

커다란 짐마차와 호위하는 용병들, 그리고 길잡이로 보이는 노인과 여행자들이 함께 무리를 이루고 있었다.

〈길드의 상행이네요. 몇몇 여행자들도 합류한 것처럼 보이구요.〉

춘궁기는 마적들이 들끓는 시기.

때문에 여행자들은 되도록 서로 협력하는 것을 선호한다.

특히 용병대를 운용하는 길드의 상행에 동행할 수 있다는 건 여행자에게 있어서 최고의 행운이었다.

"모두 짐을 아공간에 넣어. 아, 시론과 세베론. 너희는 제외다."

세베론이 두 눈을 부릅떴다.

"뭐? 왜 또 우리만 제외야?"

"지금부터 위장 신분으로 활동한다. 너희는 하인이니까."

"……."

그렇게 루인 일행이 길드의 상행과 마주쳤을 때.

상대측 길잡이로 보이는 노인이 루인 일행의 행색을 확인하더니 흐뭇하게 웃었다.

"베네로 길드의 젠젤리오네. 자네들은 어디로 가는 길인가?"

다행히 무기를 든 자도 없었고 무엇보다 모두 소년 시기의 아이들이었다.

더욱이 남자 셋, 여자 셋의 구성으로 보아 누가 봐도 팔자 좋은 여행길.

인상까지 모두 순진하고 선해 보였으니 경계할 만한 구석은 어디에도 없었다.

"저희 목적지는 게노드입니다."

"게노드?"

사람 좋은 웃음으로 대답하는 루인을 바라보며 노인은 일순 당황한 기색이었다.

게노드는 남부 장벽 근처의 항구.

르마델 왕국의 최남단이라 할 수 있는 곳이었다.

"게노드항은 여행자가 갈 만한 곳이 아닐 텐데?"

게노드는 대규모 무역선이 드나드는 곳.

그리고 르마델의 해상 무역의 대부분은 물의 왕국이자 섬나라인 웨자일 왕국 사이에 일어난다.

노인의 의심쩍은 눈초리에 루인은 여전히 사람 좋게 웃고 있었다.

그때 온몸에 상처가 가득한, 용병 대장으로 보이는 자의 퉁명스러운 목소리가 들려왔다.

"더 이상은 안 되오 겐젤리오. 우리가 운송물을 호송하는 거지 여행자들을 호위하는 건 아니지 않소?"

"그런 말 말게. 오는 길에 자네도 그 참혹한 참상을 똑똑히 보지 않았는가."

마적단에 의해 희생된 수많은 사람들의 시신들.

이 시기의 마적단들은 흉포하기 이를 데 없어, 후환을 남기지 않기 위해 남녀노소를 가리지 않고 처참하게 살해하는 경우가 잦았다.

생존자가 증언을 하는 경우, 왕국의 정규 토벌단들이 움직일 수도 있는 것.

아무리 잔인한 마적단들이라고 해도 정규 토벌단을 상대할 수는 없었다.

"게노드라면 우리와는 가는 길이 다르지 않소?"

"어쨌든 벨멤 강까지는 가는 길이 같네."

북부 최후의 관문이라 할 수 있는 벨멤 강, 그곳은 중부로 이어지는 베른 공작령의 마지막 강역이었다.

용병대장이 이를 질끈 깨물었다.

"이번이 마지막이오."

용병대장이 홱 하고 고개를 돌리며 마차 주변으로 되돌아
가자 겐젤리오가 다시 루인을 쳐다보았다.

"하나만 말해 주시게. 혹시 자네들은 귀족인가?"

루인이 미리 준비해 둔 데블리앙가의 징표를 꺼내 내밀었
다.

"데블리앙가의 루안이라고 합니다. 이 녀석들은 하인, 그
리고 저 아이는 제 동생 데프네입니다."

"……데블리앙가?"

잠시 당황한 눈으로 서 있다가 이내 예를 표하는 겐젤리
오.

"아, 이거 제가 실례를. 복장이 말끔해서 혹시나 해서 여쭤
본 건데 정말 귀족 자제분일지는 몰랐습니다. 데블리앙가의
자제분과 영애셨다니 영광입니다."

말투와는 달리, 겐젤리오의 눈빛은 차갑게 변해 있었다.

정교한 문양의 징표를 보아하니 귀족은 확실한 듯 보이지
만 사람을 너무 바보 취급하고 있었다.

노련한 하인과 정규 기사가 함께 다닌다고 해도 지금은 위
험한 시국.

대체 어떤 귀족가들이 혈족의 외출을 저런 어린 하인들로
하여금 수행하게 한단 말인가?

대부분의 귀족가들은 혈족을 보호하는 일에 비용과 인력
을 아끼지 않는다.

하물며 폐쇄적인 요정족과 오랜 시간을 교류한 데블리앙 가.

노련한 아처(Archer) 대여섯을 대동하지 않는 데블리앙가 의 혈족은 지금까지 본 적이 없었다.

'데블리앙가에 이런 철부지가 있었나?'

한시가 바쁜 상행. 결국 겐젤리오는 철없는 귀족 소년의 방황으로 치부하고 말았다.

의심쩍은 구석이 있다고 해도 데블리앙가의 자제와 영애 를 보호하는 일은 좀처럼 쉽게 접할 수 없는 기회.

철저하게 은원을 정리하기로 유명한 데블리앙가라면 보상 은 확실할 터였다.

"저희 상행에 합류하시지요. 입이 좀 거친 사내지만 그래 도 실력 하나는 보증된 용병입니다. 아, 물론 데블리앙가의 노련한 아처들에 비할 수는 없겠지요."

"감사합니다."

생도들의 표정에 일제히 화색이 돌았다.

드디어 이 지옥 같은 고통에서 해방된다고 생각하니 시론 은 신이 났다.

"하하! 저희 도련님을 보살펴 주셔서 감사합니다! 그럼 이 짐들을 짐마차에 올려도 되겠습니까?"

"물론이네. 대신 두 번째 마차는 접근하지 말게."

그 말에 시론이 다시 마차 무리를 쳐다보았다.

오직 그 마차만 시커먼 천막으로 뒤덮여 있어 내부의 짐을 살펴볼 수가 없었다.

뭔가 귀한 짐이 있는 모양.

"알겠습니다!"

그렇게 루인 일행이 새롭게 합류하자 몇몇 여행자들이 호기심을 드러냈다.

"난 한스네. 여행자인가?"

"그 커다란 짐들은 뭐지?"

아무리 철없는 여행자라고 해도 이 위험한 춘궁기 시기에 저런 커다란 짐을 메고 다니는 행동은 자살행위라는 걸 알 것이다.

그야말로 마적단들의 표적이 되기를 자처하는 꼴이었으니까.

"상인?"

"에이, 너무 어린 것 같은데."

상인이라고 보기에는 확실히 너무들 어렸다.

또한 요즘처럼 흉흉한 시절에 용병 없이 떠도는 상인은 차라리 농담같이 들릴 뿐이었다.

조용히 생도들과 눈짓을 주고받던 루인이 아무런 대답 없이 걸어가 대열의 맨 마지막에 합류했다.

마지막 마차에 짐 가방을 올려놓은 시론이 이제야 살 것 같다는 표정을 했다.

"와, 그래! 이게 원래 내 몸의 무게였어!"

날 것만 같은 표정으로 신이 난 건 세베론도 마찬가지.

"정말 좋은 분인 것 같아!"

하지만 그들은 이내 안색이 창백해졌다.

상행의 속도가 제법 빨랐던 것이다.

"아, 아니 이건 마차의 속도와 거의 같잖아?"

평범한 사람들이 도보로 쫓기에는 제법 버거울 정도.

그러나 기존의 여행자들은 이미 익숙한 듯 반쯤 뛰면서 상행을 따르고 있었다.

울상이 된 시론.

"하, 무거운 짐 덩이를 내려놓았더니 이젠 또 뛰다니."

상단이 여행자들에게 제공해 주는 편의는 일행으로 받아 주는 것까지가 끝.

물론 여행자들에겐 그것도 감지덕지인 입장이었다. 뒤처져 마적단에게 죽지 않으려면 죽어라 뛰어야 하는 것이다.

"에잇!"

"후읍! 후읍!"

하지만 목소리 생도들이 누군가?

달리기라면 근 반년 동안 지긋지긋하게 훈련해 온 마법 생도들답게 결코 마차의 속도에 뒤처지지 않았다.

그렇게 한 시간쯤 달렸을까?

"적이다!"

"상행 정지!"

란비아 산의 협곡으로 진입할 무렵 여지없이 도적 떼들이 나타난 것.

한데 루인의 표정이 심상치 않았다.

"모두 마차 뒤에 숨어서 미동도 하지 마라."

사실 전원 중위계 마법사로 구성된 생도들의 입장에서 마적단 따위는 전혀 두렵지 않았다.

더욱이 지금은 마장기의 오너가 된 자부심으로 가득한 시기.

당연히 시론은 철저하게 마차 뒤에 숨어 있으라는 루인의 지시가 마음에 들지 않았다.

"왜? 하급 술식 몇 개 정도쯤은 몰래 도와줘도 상관없잖아?"

"도적이 아니다."

루이즈의 표정도 심각했다.

〈투기예요. 그것도 인간의 투기가 아닌.〉

인간의 투기가 아니다?

리리아가 루이즈를 쳐다본다.

"인간이 아니라면 누구지?"

"수인(獸人)."

모두가 일제히 기겁하며 루인을 응시했다.

"내가 아는 그 무시무시한 수인을 말하는 건 아니겠지?"

"수, 수인족은 탐욕이 없어요!"

말이 되질 않았다.

탐욕스러운 인간을 극도로 증오하기로 유명한 수인족.

그런 그들이 인간을, 그것도 탐욕의 첨단이라 할 수 있는 길드의 상행을 습격하는 일은 그야말로 금시초문이었다.

크아아아악!

전방에서 들려온 처절한 비명 소리.

어느덧 루인은 검은 장막으로 덧씌워진 두 번째 마차를 차가운 눈으로 바라보고 있었다.

"사, 사람이 죽었다!"

그나마 시론은 비명이라도 지르고 있었다.

하지만 다른 생도들은 지독한 비현실에 입을 다물지 못했다.

나무껍질로 아무렇게나 엮은 옷을 걸친, 온몸에 털이 뒤덮인 한 마리의 괴수.

그가 흐릿한 잔상과 함께 사라지자 전방에 자욱한 피안개가 일어났다.

용병 하나가 통째로 분쇄되어 버린 것이다.

말 그대로 보이지도 않는 스피드.

무슨 수법으로 부린 조화인지 생도들은 짐작도 할 수 없었다.

기사들끼리의 전투와는 아예 궤를 달리하는 전투 방식.

수인의 전투는 최소한의 인간미, 일말의 인성조차 느껴지지 않았다.

"……저게 수인이라고?"

〈야수화(野獸化)예요. 늑대 일족이군요.〉

루인의 눈이 기묘한 빛을 머금었다.

일전에도 느꼈지만 루이즈는 요정, 수인족과 같은 이종족들에 대한 매우 높은 식견을 가지고 있었다.

특히 수인족은 요정족보다 더욱 폐쇄적인 특성을 지닌 종족이라서, 그들에 대해 많이 알고 있다는 건 확실히 기이했다.

-수인이다! 모두 모여 방진을 구성한다!

용병대장의 외침에 다소 흐트러져 있던 용병들이 뒤늦게 정신을 차리고 모이기 시작했다.

그 광경을 흥미롭게 바라보고 있는 루인.

수인은 개별적으로야 강력한 전투력을 지닌 종족이지만 다대다 전투에는 굉장히 취약했다.

그런 수인들을 보자마자 모여서 방진을 구성한다는 건 이미 그런 수인족의 특성을 파악하고 있다는 뜻.

분명 정규 기사들에게도 쉽지 않은 재빠른 병력 운용이었다.

그러나 기묘하게 웃던 수인 하나가 잿빛 그림자가 되어 짓쳐 든다.

콰아아아아앙!

용병대장 갈손은 자신의 주위로 후드득 떨어지는 파편들을 멍하니 바라보고 있었다.

형태가 불분명한 핏덩이들.

방금까지만 해도 부하의 것이라 짐작되는 파편들이 비처럼 쏟아지고 있는 것이다.

부대장이 뭔가를 깨달은 듯한 표정으로 황급히 갈손에게 다가왔다.

"가, 갈손 대장! 저놈들!"

"알고 있다. 순혈종이다."

요정족 내에서도 그 강력함이 매우 특별한 개체인 하이 엘프가 있다면 수인족에게도 그런 종이 있었다.

순혈종(純血種).

한 번도 다른 수인 일족과 피가 섞인 적이 없는, 고대로부터 순수한 피를 유지해 온 명예로운 일족.

일반 수인에 비해 월등한 전투력을 지닌 순혈종은 수인족 내에서도 최상위 계급을 지녔으며, 그 흉포함 역시 순수한 야만 그 자체라 할 수 있는 일족이었다.

하지만 문제는 그것으로 끝이 아니었다.

단 일격으로 잘 단련된 용병 서넛을 갑옷째로 갈기갈기 찢어 버릴 수 있는 개체는 그다지 많지 않았다.

순혈종 내에서도 최상위 개체는 초인과 비등하다고도 알려져 있으니까.

결국 용병대장 갈손이 천천히 검을 거두자.

강철 같은 손톱을 기다랗게 뺀 채 전투 자세로 서 있던 수인이 기이한 표정으로 얼굴이 일그러졌다.

"전투를 포기한 거냐."

놀랍게도 수인에게서 흘러나온 말은 인간의 공용어.

공용어를 쓰는 수인족은 처음이라 당황했지만 갈손은 애써 내색하지 않았다.

"협상의 여지가 있다면 의미 없는 희생을 줄이고 싶을 뿐이다."

울창한 수풀의 그림자 사이로 은신하고 있던 잿빛 수인들이 천천히 몸을 드러냈다.

그들의 표정에는 하나같이 경멸의 감정이 가득했다.

"동료가 죽었음에도 전투 의지를 접는다라. 역시 명예를 모르는 인간다운 행동이군."

순간 용병대장 갈손의 얼굴에 더한 경악이 떠올랐다.

방금 자신을 경멸하던 놈의 머리에 우두머리의 표식이 새겨져 있었기 때문.

그 말인즉 방금까지 단신으로 용병대를 휘젓고 다니던 녀석이 놈의 부하에 불과하다는 뜻이었다.

틀림없었다.

이놈들은 순혈종 내에서도 최상위 개체들.

인간의 언어까지 능숙한 것으로 보아 쌓은 지혜 역시 일반적인 수인 수준을 아득히 넘어선 놈들이었다.

'족장이나 그 휘하 정도가 아니고서야…….'

피가 나도록 입술을 깨물던 갈손이 이내 우두머리 수인을 바라보았다.

"내가 아는 수인족은 재물을 탐하지 않는다. 또한 아무런 목적도 없이 살육을 벌이는 불명에 또한 너희들과는 어울리지 않는다. 대체 인간의 상행을 습격한 이유가 무엇인가?"

우두머리 수인의 곁에 서 있던 붉은 갈기털의 수인이 날카로운 이를 드러낸 채로 으르렁거렸다.

"크르르르! 검을 단련한 인간답지 않은 입담이군!"

우두머리 수인이 당장이라도 달려들 기세의 붉은 갈기털의 수인을 근엄하게 제지시키더니 다시 갈손을 응시했다.

"말장난 따위를 할 생각은 없다. 우리의 목적은 단 하나. 저 검은 마차를 넘겨라."

"……검은 마차?"

갈손이 잔뜩 경계하는 눈빛으로 후방의 대열을 힐끗거렸다.

상행에 참여하는 용병이 호송하는 물건의 정체를 묻는 일은 좀처럼 없다.

그것이 이 업계의 불문율. 때문에 갈손은 시커먼 천막으로 뒤덮인 마차 안에 무슨 물건이 있는지를 알지 못했다.

수인들이 더욱 흉포한 이를 드러내며 으르렁거린다.

마치 그것은 마차를 건네지 않는다면 모조리 죽이겠다는 암묵적인 협박 같았다.

상황이 심각하게 돌아가자 겐젤리오가 나섰다.

"베네로 길드의 겐젤리오라고 하오. 명예로운 전투로 일생을 증명하는 수인 일족을 마주하게 되어 참으로 영광이오."

"꿀을 발라 놓은 것처럼 달콤한 아부로군. 하지만 인간. 얕은 수로 상황을 모면하려 들지 마라. 협상 따윈 없다. 다시 말하지만 우리의 요구는 검은 마차다. 거부한다면 모조리 죽이겠다."

약자를 공격하는 건 그들에게 가장 불쾌한 불명예.

그러므로 수인족을 상대하는 가장 슬기로운 대처법은 전투를 포기하는 것이었다.

"대화해야 할 거요. 보다시피 나는 무기를 들지 않았으니까."

우두머리 수인의 눈빛이 더욱 살기로 진해진다.

"우릴 잘 아는 인간이로군."

애써 태연한 척하고 있었지만 겐젤리오의 심장은 터질 것처럼 뛰고 있었다.

저 검은 마차는 이번 상행의 목적, 그 전부나 마찬가지.

저 검은 마차를 호송하는 대가로 무려 100만 리랑이라는 거금을 고작 선금으로 받았다.

무사히 상행을 마친다면 선금의 두 배에 달하는 금액을 보상으로 받을 수 있는 상황.

때문에 길드장이 용병대 중에서 최고의 실력으로 명성이 자자한 저들까지 지원해 준 것이다.

"종족의 율법에 얽매이지 마라. 자쿠 대장. 이대로 멈춘다면 결국 우린 아무런 목적도 달성하지 못해."

"아버지가 용서하지 않을 거다."

"하지만 자쿠!"

"시끄럽다. 데쿤타."

수인족 우두머리, 자쿠가 다시 겐젤리오를 바라본다.

"저 마차에 타고 있는 건 우리 일족의 배신자다. 더 이상 구구절절 말하지 않겠다. 우리가 왜 이렇게까지 하는지를 이제는 알겠지."

용병대장 갈손이 겐젤리오를 갈아 버릴 것처럼 노려보았다.

"어이, 수인을 호송한단 얘기는 듣지 못했는데?"

또 다른 이 바닥의 불문율.

사람이나 이종족을 호송물로 다룰 때에는 용병대에 이를 밝히는 것이 관례였다.

노예 거래, 혹은 요인 경호와 같은 일에는 온갖 복잡한 이해관계가 얽혀 있기 때문.

그러므로 인적 자원을 호송하는 일의 대부분은 목숨을 걸어야 할 만큼 위험했다.

"사정이 있었소."

"사정?"

인적 자원을 호송하는 일은 난이도가 아예 차원이 다르다.

어쩐지 검은 천막으로 내내 가리고 있더라니!

만약 수인을 호송하는 일이라는 걸 미리 알았더라면 받았던 의뢰비의 열 배를 준다고 해도 호송을 맡지 않았을 것이다.

"먼저 관례를 어긴 건 베네로 길드다!"

"당신 설마?"

이내 용병들을 향해 우렁차게 외치는 용병대장 갈손.

"베네로 길드가 신의를 깼다! 서둘러 시신을 수습하고 모두 철수한다!"

무기를 갑주에 부딪치며 화답하던 용병들이 호송을 포기한 채 일사불란하게 철수하기 시작했을 때.

"이, 이게 무슨 짓이오 갈손!"

용병이 호송을 중간에 포기하는 건 막대한 명예의 손실을 각오하는 행위.

그러나 갈손에겐 명분이 있었다.

저토록 강력한 수인을 상대할 여력도 없을뿐더러, 이번 상황을 무사히 모면한다고 해도 앞으로 무슨 일이 벌어져도 이상할 것이 없었다.

평생을 용병으로 굴러온 갈손의 관록이었다.

"흥. 그럼 목적지까지 수인을 잘 호송하도록."

갈손은 유난히 수인이라는 단어를 강조하며 비웃더니 결국 용병들 모두를 이끌고 사라져 버렸다.

용병대 하나만 믿고 상행에 합류한 여행자들의 얼굴도 일제히 흙빛이 되어 버린 상황.

"무기를 지닌 인간들이 모두 사라졌다."

"이제 어떻게 해야 하지 자쿠 대장?"

"일단 놈이 살아 있는지를 확인하라."

"알았다!"

자쿠의 명령에 잿빛 빛살처럼 쏘아진 데쿤타가 거칠게 검은 천막을 걷어 냈다.

"녀석은 무사하다!"

눈을 질끈 감는 겐젤리오와는 달리, 여행자들은 하나같이 당황해하고 있었다.

족쇄와 쇠사슬에 의해 구속된 채로 치렁하게 머리칼을 늘어뜨린 존재가 놀랍게도 수인이 아닌 인간이었던 것.

마치 상처 입은 짐승 같은 눈빛으로 데쿤타를 바라보고 있는 그는 분명한 사람이었다.

"배신자를 아버지께 데려간다!"

"알았다!"

필사적으로 막아서는 겐젤리오.

"안 되오! 그대들은 북부 길드 전체를 적으로 돌릴 것이오?"

자쿠가 비릿하게 웃었다.

"어차피 너희 인간과는 적. 이번 일을 원한으로 생각한다면 황금 거인 산의 회색 늑대 부족을 찾아와라. 언제든 상대해 주지."

"괴, 괴물 같은 놈들!"

"클클. 글쎄. 오히려 우린 너희 인간들이 가장 괴물에 가깝다고 생각하는데."

"가, 가까이 오지 마라!"

그렇게 비릿하게 웃던 데쿤타가 철창을 부수기 위해 다시 마차를 향해 시선을 돌렸을 무렵.

"응?"

웬 소년 하나가 철창 안을 바라보고 있는 것이 아닌가?

재빨리 전투 자세를 취하는 데쿤타.

다가오는 걸 인식하지도 못했다.

마치 그 자리에서 저절로 생겨난 듯이 나타난 것.

온몸의 예민한 감각이 미칠 듯한 경고성을 울리고 있었다.

"넌 누구냐?"

그러나 인간 소년은 자신을 쳐다도 보지 않았다.

"왜 이런 곳에 갇혀 있는 거야."

말할 수 없는 비감(悲感)이 묻어 나오는 음성.

그 슬픈 목소리에 철창 안에 갇혀 있던 인간이 흐릿하게 눈을 떴다.

"누구……."

"괜찮아. 내가 왔으니까."

"……."

소년, 루인이 여전히 감정 없는 눈으로 수인들을 차례로 응시했다.

"왜 데려가려는 거지?"

"뭐?"

우두머리 자쿠가 묘한 표정으로 루인을 살피고 있었다.

제법 단단한 몸으로 보인다는 것을 제외하면 그다지 특별할 것도 없는 인간 소년.

한데 모든 감각이 미칠 듯이 예민하게 날뛰고 있었다.

마치 일족의 최강자, 아버지의 야성을 마주했을 때와 비슷한 느낌.

"방해할 생각이라면 무기를 들어라. 고통 없이 죽여 줄 테니."

"죽음이라."

소년, 아니 루인은 자신의 죽음을 함부로 말하는 이에게 자비를 베풀 생각이 없었다.

ㅊㅊㅊㅊㅊㅊ-

한 개, 두 개, 백 개, 천 개 이상으로 갈라지기 시작한 무수한 마력 칼날들.

"인간 마법사다!"

"투기를 개방해라!"

회색 늑대 부족의 최강 전사들이 일제히 투기를 개방하자, 상상할 수 없는 충격파가 계곡을 집어삼켰다.

콰아아아아아아앙-

털이 바짝 선 늑대 전사들이 일제히 루인을 향해 짓쳐 들었을 때.

"하늘이다!"

"위다!"

중력 역전(Inversion of Gravity) 마법으로 자신의 몸을 허공에 띄운 루인이 그대로 수인을 뻗었다.

쏴아아아아아-

수천 개의 칼날 폭풍이 수인들을 향해 쏘아졌다.

시르하를 지키기 위한 죽음의 비였다.

대마도사 루인에게 이종족, 그중에서도 수인 일족은 어떤 의미일까.

쏴아아아아!

"자쿠 대장! 위험……! 캬아아아악!"

어찌 보면 인간들에게는 악제만큼이나 위험한 존재들.

특유의 폐쇄성과 고집스러운 전통, 지독하리만치 명예에 목매는 그들은 단 한 번도 인간의 편에 선 적이 없었다.

그리고 무엇보다 그들은.

"피해라! 뒤다 데쿤타!"

퍼퍼퍼퍽!

"케에에에엑!"

"무투술이다! 놈이 고위 체술을 쓴다!"

바람의 대행자 시르하가 웃음으로 감추고 있었던 슬픔의 근원들.

여기서, 오늘에야 비로소 시르하가 마음 깊이 감추고 있던 슬픔을 마주하고 있다.

그래. 이거였냐 시르하.

너는 인간과 수인, 이렇게 모두에게 버림받은 것이냐.

콰아아아앙!

"카아아아악!"

모든 융합 마력을 밀어 넣어 극한으로 구동되고 있는 혈주 투계.

오히려 전생보다 더욱 강력한 경지로 거듭나고 있는 혈주 투계야말로 수인을 상대하기에는 안성맞춤이었다.

하지만 역시 정점은……

대마도사의 염동으로 구현된 광활한 융합 마력이 진폭을 거듭하며 확장하기 시작한다.

마력 순환(Mana Cycle).

파동(Wave).

확산(Diffusion).

물질 체현(Materialization).

질량 역전(Supermassive Inversion).

수인들을 압박하고 있던 모든 마력 칼날들이 유리알처럼 작은 알갱이가 되어 이내 한 점으로 모인다.

"엠플리피케이션(Amplification)."

지극히 단순한 마지막 시동어.

쿠구구구구구구-

하지만 협곡 전체가 지진이라도 만난 것처럼 거칠게 떨리고 있었다.

대마도사가 펼친 마법은 흔한 공격 마법 따위가 아니었다.

고위 증폭 술식.

통상적으로 증폭 술식은 현자급 마도사들의 전유물이었다.

마법의 위력을 극한으로 끌어올릴 수 있는 초고위 술식.

질릴 정도의 스펠 난이도로 인해 아무리 마도사라고 해도 수십 분을 투자해야 겨우 완성할 수 있는 술식이었다.

한데 루인은 고작 몇 초 만에 끝내 버렸다.

믿을 수 없는 속도로 구현되는 초고위 술식, 그 경이로운 광경에 루인을 바라보고 있던 동료들은 경악을 금치 못했다.

마침내 증폭 술식으로 구현된 하나의 마법.

화아아아악!

마력 유리알이 시퍼렇게 빛나더니 살인적인 빛줄기들이 사방으로 뿜어져 나온다.

"코로나 웨이브?"

"그딴 게 아니다!"

의견을 주고받는 시론과 세베론.

고위 화염계 원소 마법인 코로나 웨이브와 비슷한 마법처럼 보였지만 술식의 결은 완전히 달랐다.

루인 역시 아직 이름을 붙이지 못했다.

이 마법은 므드라가 보유한 최강의 확산열화계(擴散熱火界) 흑마법 '키오데라'의 변형이었으니까.

그가 인간계에서 헤이로도스로 활동하던 시절 창조해 낸 원조 융합 술식.

므드라는 이 마법을 '구유의 불'이라고 불렀지만 루인의 마법적 해석이 가미된 지금의 술식은 그런 구유의 불과는 또 다른 차원이었다.

지금의 이것은.

"크으으으으! 내 눈!"

"대장! 투기가 모이지 않는다!"

늑대는 어둠을 통해 강해진다.

민감하게 발달한 시각과 후각은 야간에 최적화된 늑대 일족의 초능(超能).

날 선 야수의 본능과 투기 역시 어둠과 함께 자라난다.

그들이 길드의 상단이 어두운 계곡으로 진입했을 때 전투를 시작한 근본적인 이유.

루인은 지금 그런 늑대 일족의 초능을 삭제해 버린 것이다.

츠츠츠츠츠-

계곡에 간헐적으로 진폭하는 푸른 태양이 떠 있었다.

세상에 존재하는 어떤 빛보다 밝게 빛나고 있는 푸른 구.

더 이상 이 계곡은 늑대 일족에게 유리한 장소가 아니었다.

몸을 숨기거나 투기를 벼릴 만한 장소도 없는 그야말로 지옥처럼 불리한 공간.

그런 광휘에 휘감긴 채 허공에 떠 있던 루인이 반쯤 뜬 눈으로 사방을 내려다보고 있었다.

다시 점차 붉은 기운으로 휘감겨 가는 루인의 육체.

그렇게 강대한 융합 마력이 다시 혈주투계의 힘으로 치환되자 수인들은 좀 전의 악몽이 떠올랐다.

그 무시무시한 고위 체술을 어둠도 없이 상대해야 하다니!

"먼저 상대의 죽음을 입에 담았으니 본인들의 죽음도 각오했다는 뜻이겠지."

마치 하늘 위의 전능자처럼, 고아하게 자신들을 내려다보고 있는 존재를 향해 자쿠는 있는 힘껏 이를 드러냈다.

"크르르릉!"

전생의 대마도사 시절에도 루인은 수인에게만큼은 자비를 베풀지 않았다.

시르하도 그런 자신의 행동을 굳이 말리지 않았다.

어쩌면 녀석도 조금은 통쾌함이 있었을까?

물론 지금도 여전히 그럴지는 장담할 수 없었다.

이어 빛살처럼 쏘아진 루인의 어깨 공격.

단순히 어깨를 부딪힌 것뿐인데 무슨 바위가 터져 나가는 듯한 충격파와 굉음이 밀려온다.

콰아아아아앙-

"캬아아아아아!"

혈주투계상의 고(攷)라고 불리는 이 수법은 지극히 단순하지만 그 위력은 혈주투계의 모든 체술 중에서도 수위를 다투는 공격 체술.

투기의 위력이 절반 이상 감소한 늑대 일족은 더 이상 루인의 혈주투계를 막아 낼 방법이 없었다.

저만치 날아가 처참하게 피를 흘리고 있는 데쿤타를 망연자실하게 바라보고 있는 자쿠.

간헐적으로 꿈틀거리기만 할 뿐 더 이상 데쿤타에게서 의식이 느껴지지가 않았다.

저 인간 놈은 지금 자신들의 공격을 흉내 내고 있었다.

용병들을 분쇄했던 때와 똑같은 공격 체술.

어깨를 이용해 극한의 스피드로 들이받는 '벼락치기'는 늑대 일족만의 고유 체술이었다.

"데, 데쿤타를 보호하라!"

자쿠의 외침에 몇몇 수인들이 황급히 데쿤타에게 뛰어들었으나.

"자쿠 대장! 데쿤타가 죽었다!"

"뭐?"

늑대 일족을 상대하는 루인은 손속에 사정을 두지 않았다.

회귀 후 처음으로 혈주투계를 극한까지 운용하고 있는 것이다.

비릿하게 웃는 루인.

"적어도 여기서 너희들 중 셋은 죽는다."

그 셋의 의미를 곧바로 깨달은 자쿠.

셋은 이곳에서 자신들이 죽인 인간들의 수와 같았다.

"크르르르릉! 그게 네 맘대로 될 것 같으냐!"

파파파팟!

동료들과 눈짓을 주고받던 자쿠가 별안간 뒤도 돌아보지도 않고 도주하기 시작한 것.

루인이 수인들을 혐오하는 건 바로 이 지점 때문이었다.

늘 고압적인 자세로 전사니 명예니 지껄이던 것들이 도저히 상대할 수 없는 강자 앞에서는 망설임 없이 도망쳐 버리는 것.

물론 루인은 그런 수인 일족의 속성을 진즉에 알고 있었다.

"자쿠 대장! 함정!"

"케에에에엑!"

이윽고 여섯 수인들이 마법 트랩에 허우적거리며 비명을 지르고 있었다.

루인이 이 계곡을 빛으로 가득 채운 두 번째 이유.

놈들이 도주로로 선택할 만한 장소를 미리 물색하기 위함이었다.

저벅저벅.

천천히 걸어간 루인이 마력 그물 안에서 허우적거리고 있는 수인들을 감정 없는 눈으로 쳐다보고 있었다.

"너희들의 명예에는 동료를 죽인 적을 앞에 두고 도망치는 것도 포함되어 있는 건가?"

그러나 수인 일족에게 그런 루인의 힐난은 그다지 효과적이지 않았다.

호랑이를 만난 늑대가 도주를 선택하는 것은 당연한 야생의 생존 방식.

거친 야성(野性)이란 것도 포식자의 위치에서나 가능한 이야기지, 약자의 입장에 처했을 때는 철저한 자연의 법칙을 따를 뿐이었다.

"흥! 목숨이 있어야 명예도 있다!"

어떻게 대사까지 한결같은지.

이놈들 또한 전생에서 만난 다른 수인족들과 하나도 다를 것이 없었다.

즉 살려 둘 가치가 없다는 뜻.

우우우우웅-

루인이 수인을 뻗자 특유의 무색의 불꽃이 허공에 얽히기 시작한다.

쟈이로벨의 염화계 마법, 하기라덴의 상위 경지인 하기라 사트라를 루인의 방식으로 재해석한 마법이었다.

그때.

"그만. 그만해."

급박한 순간 루인의 귓전을 울린 음성은 놀랍게도 시르하.

뒤를 돌아보는 루인의 얼굴에는 묘한 감정이 떠올라 있었다.

"뭘 그만하란 거지?"

"저들을 죽이는 것."

더욱 눈살을 찌푸리는 루인.

방금까지만 해도 자신을 납치하거나 죽이려고 했던 놈들이었다.

더욱이 폐쇄적인 수인 일족이 자신을 배신자라 칭했을 땐 더 이상 일족으로 생각하지 않겠다는 뜻.

또한 끈질긴 집착으로 유명한 늑대 일족이었다.

"늑대는 한번 목표로 삼은 사냥감을 절대로 포기하지 않아. 이대로 놈들을 보낸다면 반드시 다시 널 찾을 것이다."

"상관없어."

루인은 한동안 말이 없었다.

그러나 누구도 아닌 시르하의 말이었다.

시르하.

자신의 마음속에 어쩌면 검성보다도 더욱 진한 감정으로 남아 있는 존재.

"그래. 네 뜻이 정 그렇다면."

점차 희미해져 가는 마력 그물.

그렇게 술식이 해제되자 수인들은 뒤도 돌아보지 않고 전력으로 도망쳤다.

하지만 시르하는 정작 그런 수인들에겐 별다른 관심을 보이지 않았다.

그의 관심은 역시 루인이었다.

"넌 어떻게 그만큼이나 강한 거지? 네가 발휘하던 힘이 그…… 마법이라는 건가?"

"……."

맑은 눈망울로 자신을 바라보고 있는 시르하.

루인은 순간적으로 웃음이 터져 나오고 말았다.

족쇄와 쇠사슬에 묶인 채 철창 안에 갇혀 있으면서 마법에
대해 호기심을 드러내고 있다니.

정말 시르하답다고 해야 할까.

그때 루이즈가 다가왔다.

〈저…… 루인 님.〉

시르하의 두 눈이 동그랗게 변했다.

입으로 말하지 않았는데도 사람의 말이 머릿속에서 울려
퍼졌기 때문이다.

"응?"

〈제가 저분을 잠시 살펴봐도 될까요?〉

그 순간 시르하와 루이즈의 눈빛이 서로 얽혔다.

루인은 말할 수 없이 감정이 벅차올랐다.

저 둘의 최후를, 저들이 마지막에 했던 선택을 생생히 기억
하고 있는 루인으로서는 지금이 마치 기적처럼 느껴지는 순
간이었다.

하지만 대마도사의 감상은 짧고 간결했다.

현실로 되돌아온 루인이 무심한 눈으로 루이즈를 응시했다.

"무슨 일이지?"

〈그건…… 너무 아파 보여서…….〉

시르하와 루이즈가 어떻게 연인이 되었는지, 그 과정은 루인도 모르고 있었다.

그러나 이렇게 보자마자 서로 호기심을 드러내는 모습을 지켜보고 있자니…….

역시 하늘이 정해 준 운명이란 따로 있다는 뜻인가.

그렇게 루인은 루이즈의 호감을 경계했던 자신의 행동이 얼마나 무의미한 일이었는지를 깨닫고 있었다.

"보기는 이래도 난 아픈 사람이 아니야."

자존심이 상한 눈빛으로 루이즈를 노려보는 시르하.

루인은 또 한 번 피식 웃고 말았다.

멍청한.

루이즈는 네 육체의 아픔을 말하는 것이 아닐진대.

허겁지겁 달려온 겐젤리오가 마치 왕께 대례를 하듯이 엎어진다.

"데블리앙가에 이토록 대단한 마법사가 탄생했다니 이 겐젤리오는 오늘이야말로 평생의 개안을 한 것 같소!"

루인은 표정에는 미동도 없었다.

길잡이를 맡을 정도라면 그 길드 내에서 가장 경험이 많고 판단력이 좋은, 한마디로 지혜로운 사람이라는 뜻.

그런 늙은 생강 같은 자가 마법을 드러낸 자신을 계속 데블리앙가의 자제로 생각한다는 건 난센스에 가까웠다.

하지만 역시 내색하지 않는 편이 생존에 이로울 것이라 판단한 모양.

루인이 쐐기를 박았다.

"입을 다물기로 결정했다면 그 결정을 끝까지 지켜라."

정신없이 고개를 끄덕이는 겐젤리오.

"자 이제 묻겠다. 시르하의 투기를 구속한 이유, 그리고 어디로 호송하고 있는지, 이번 호송의 의뢰자는 누구인지 남김없이 말해라. 명심해."

"……."

"대답 여하에 따라 당신은 오늘 죽을 수도 있다."

시르하가 여느 때보다 놀란 얼굴로 루인을 바라보고 있었다.

"너 어떻게 내 이름을……?"

"말했잖아 시르하."

"……?"

"내가 왔으니까 괜찮다고."

-괜찮다. 괜찮다 시르하.

그 순간 시르하는 자신의 의식 깊은 곳에 잠재된, 한없이 따뜻했던 목소리가 떠올랐다.

"너……!"

루인이 웃었다.

"손은 다 아물었네."

〈9권에서 계속〉